Mario Fesler

Lizzy Carbon
und der Klub der Verlierer

Für Peter.
Für alles.

Mario Fesler

Lizzy Carbon

UND DER KLUB DER VERLIERER

magellan

Band 1: Lizzy Carbon und der Klub der Verlierer
Band 2: Lizzy Carbon und die Wunder der Liebe
Band 3: Lizzy Carbon und die Qual der Wahl

Hallo. Mein Name ist Lizzy Carbon, ich bin dreizehneinhalb Jahre alt und Gott möchte mein Leben zerstören. Das versucht er schon seit meiner Geburt. Er hat mich geschlagen mit zwei Eltern, die nie nichts und davon auch nicht das Geringste kapieren. Dazu einem Bruder, der vier Jahre älter ist, in Sachen Verständnis keineswegs mehr draufhat als meine Eltern, aber trotzdem glaubt, die Welt in ihren tiefsten Gründen bereits durchleuchtet zu haben. Weil Gott gesehen hat, dass ich damit zurechtkomme, hat er nun meinen Körper zum Feind gemacht. Ich habe meinen Körper einmal geliebt, wir waren ein gutes Team. Ich war ein echt niedliches Kind. Ein schlankes Wesen, das gerne ritt, die seidig glänzenden braunen Haare wippten auf den Schultern und kringelten sich in zauberhaften Locken, die jede Tante bei einem Besuch befingern musste, um sie mit „Du hast soooooo schöne Haare" absolut korrekt zu bewerten.

Diese Zeiten sind vorbei.

Mein Körper hat mir den Kampf angesagt.

Seit meinem dreizehnten Geburtstag habe ich drei Kilo zugelegt. Ich esse nicht mehr, ich esse nicht anders als vorher, ich gehe immer noch jede Woche zweimal zum Reiten, an meinem Lebensstil hat sich nicht das Geringste geändert. Trotzdem nehme ich zu. Letzte Woche war ich mit Mama Klamotten kaufen. Tapfer zwängte ich mich in meine bisherige Jeansgröße und lächelte mit angehaltener Luft meine Mutter an.

„Elli, du erstickst", sagte sie und kaufte eine Nummer größer. In der Unterwäscheabteilung forderte ich einen BH, sie runzelte die Stirn und fragte: „Wozu?" Sie hat recht. Natürlich könnte man eine einfühlsamere Antwort von einer Mutter erwarten, aber - siehe oben, nichts kapieren usw. Fakt ist: Ich habe keinen Busen. Nichts, was auch nur im Entferntesten an Brüste erinnert, hegt Expansionspläne an meinem Oberkörper. Damit sind Kristine und ich die Einzigen in der Klasse, bei denen sich nichts tut. Das brauchen die beiden unbeliebtesten Mädchen der Siebten ja auch noch zu ihrem Glück.

Um es nicht zu vergessen: Auch meine Haare sind im Arsch. Ich brauche morgens eine halbe Stunde, sie in so etwas Ähnliches wie eine Frisur zu verwandeln, um dann in der ersten großen Pause im Spiegel des Schulklos festzustellen, dass diese Bemühungen keine zwei Stunden gehalten haben.

„Lizzy, hast du was mit deinen Haaren gemacht?", fragte Tante Andrea bei ihrem letzten Besuch. Ich guckte sie an wie ein Ofen und fing an zu heulen. Das hat mir übrigens dieses Tagebuch eingebracht. Es lag heute in der Post. Tante Andrea schreibt, dass sie in meinem Alter angefangen hat, Tagebuch zu führen, und meint, das würde mir „vielleicht auch helfen". Ich mag Tante Andrea wirklich, sie ist die Einzige aus meiner Familie, die akzeptiert, dass ich nicht mehr Elisabeth (klingt, als wäre ich hundert) und auch nicht Elli (klingt, als wäre ich fünf) genannt werden möchte. Nur weiß ich nicht, inwiefern ein Tagebuch mich drei Kilo leichter machen soll, das Brustwachstum beschleunigt oder das fatale Eigenleben meiner Haare beendet.

Aber aus Respekt vor Tante Andrea habe ich jetzt zumindest ein bisschen was hier reingekritzelt. Ich habe kein Datum hingeschrieben, weil ich mich gar nicht dran erinnern möchte, wann ich mich so scheiße gefühlt habe. Ich fange auch nicht mit „Liebes Tagebuch" an, weil meine liebenden Gefühle sich doch sehr in Grenzen halten.

Als Andrea in meinem Alter war - Ende der Achtziger - hat ein Tagebuch vielleicht jungen Mädchen noch geholfen. Doch ich lebe in einem anderen Jahrtausend.

Montag, 7. März

- Noch 96 Tage bis zum Schulfest -

Ich stand im Badezimmer und war mal wieder in den Kampf gegen meine Haare verstrickt. Möglicher Hauptgewinn: eine Frisur.

Es sah nicht gut aus für mich. Egal, was ich mit Kamm, Bürste und Fön versuchte – jede Haarsträhne tat einfach weiter, was ihr gefiel. Nach der dritten, mittlerweile gefauchten Aufforderung meiner Mutter von unten, den Frühstückstisch endlich mit meiner Anwesenheit zu beehren, kapitulierte ich. Was blieb mir auch anderes übrig? Selbst in zwei Stunden wäre ich nicht zum gewünschten Ergebnis gelangt.

Ich lief also in die Küche und warf zur Begrüßung einen finsteren Blick in die familiäre Runde. Dann griff ich nach den Honey Balls, verfeinerte sie mit einem Extralöffel Zucker und ertränkte sie in Milch.

Mein Bruder Max, der morgens Zeitung las, seit er Gemeinschaftskunde als Leistungskurs hatte, konnte wie immer seine Klappe nicht halten. »Ich dachte, du wolltest was mit deinem Gewicht machen.«

Hochzublicken war es ihm nicht wert. Ihm zu antworten, war es mir nicht wert. Mama versuchte sich, wie immer in solchen Situationen, an der Deeskalation. Eigentlich war sie ja Anwaltsgehilfin, tatsächlich aber Fachfrau für missglückte Ablenkungsmanöver.

»Was war denn in dem Päckchen von Andrea?«, fragte sie hastig.

»Nichts, was das Briefgeheimnis nicht vor dir bewahren könnte.«

Die Kunst, in Höchstgeschwindigkeit zu essen und gleichzeitig zu reden, beherrschte ich mittlerweile im Schlaf.

»Das war doch eine ganz normale Frage!«, verteidigte sich meine Mutter, während Max mit »Das Weight-Watchers-Startpaket« antwortete.

Das war der Tropfen, der für meinen Vater das Fass zum Überlaufen brachte. Dr. Benedikt Carbon, seines Zeichens Erzeuger zweier sich hassender Kinder und Ehemann ihrer verzweifelten Mutter, legte sein Messer weg.

»Wir lassen das ab jetzt.«

Wir schauten ihn alle verdutzt an. Der übliche Frühstückszoff zog sonst an ihm vorüber, ohne eine Regung bei ihm auszulösen.

»Dieses gemeinsame Frühstück.« Papa sah meine Mutter an. »Tina, ich weiß, dass du denkst, diese Veranstaltung ist gut für unser Wirgefühl. Aber ich bin völlig fertig, wenn ich hier morgens rauskomme. Die ersten Patienten behandele ich immer wie Todfeinde, weil ich die hier aufgesogene schlechte Laune loswerden muss. Du schläfst ab jetzt aus, ich verziehe mich mit meinem Kaffee in den Wintergarten und lege den beiden einen

Müsliriegel hin. Wenn sie weg sind, wecke ich dich, und zumindest wir beide sind unbeschadet davongekommen.«

»Das sind doch passive Aggressionen«, sagte Max und wischte sich eine zu Beton gegelte Locke aus der Stirn.

Papa schaute ihn ruhig an. »Mag sein. Aber es ist trotzdem der neue Fahrplan für den Morgen. Wenn einer von euch ausgezogen ist, schauen wir weiter.«

»Ich find's gut«, sagte ich, stand auf und krallte meine Jeansjacke von der Garderobe. Für meine Mutter war die extreme Entwicklung des Frühstücks zu viel. Da ihr die Worte fehlten, wischte sie sinnloserweise die völlig saubere Arbeitsplatte neben der Spüle ab. Erst als ich schon fast aus der Tür war, fasste sie sich wieder.

»Elli, Jule holt Max ab! Du kannst doch mit denen fahren!«

»Ich kann mir auch selbst ein Bein amputieren«, übertönte ich das »Oh nee!« meines Bruders. Ich drehte mich zu Max. »Ach ja, schönen Gruß an Jule. Die könnte auch mal was mit ihrem Gewicht machen.«

Rache verschont die Unschuldigen nicht.

Da es in Bad Waidach nur zwei Gymnasiasten gab, die den Bus um 6:50 Uhr nehmen mussten, war das Rätsel der rauchenden Hecke direkt hinter der Bushaltestelle schnell gelöst. Zumal ihr Husten verdächtig nach meiner einzigen und damit auch besten Freundin klang.

»Seit wann rauchst du?«, fragte ich die Hecke.

»Aah!«, schrie diese. »Spinnst du? Mich so zu erschrecken?« Der Kopf meiner Freundin Kristine Gärtner schob sich hinter den Blättern hervor.

Ich schaute sie fragend an und Kristine verdrehte genervt die Augen.

»Hey, wir kommen bald in die Achte! Da rauchen alle Coolen. Wir haben jetzt noch einmal die Gelegenheit, ganz neu anzufangen!«

»Mit dem Rauchen?«, hakte ich sicherheitshalber nach. Bei Krissi wusste man nie so genau, welche Extrarunde ihr Gehirn gerade drehte.

»Mit uns! Mit unserem Status! Noch raucht keiner! Leon nicht, Alexa nicht und Samira auch nicht. Wir können Trendsetter sein!«

Kristine wühlte aus ihrer Tasche ein Mundspray hervor und genehmigte sich etliche Stöße. Weil sie dabei ungeschickt einatmete, fing sie wieder an zu husten.

»Vielleicht solltest du gleich mit richtigen Drogen anfangen. Ecstasy oder so. Dann erstickst du wenigstens nicht am Odol. Und bist noch viel früher dran als alle anderen.«

Ich klopfte ihr auf den Rücken, bis sie wieder normal atmete. Der Bus kam und Krissi marschierte beleidigt auf ihn zu.

»Du bist so doof!«, warf sie mir über die Schulter zu.

Ja, das war ich manchmal wohl auch, aber ich sah die Welt halt auch ein bisschen realistischer als Kristine. Ich stieg hinter ihr in den Bus und setzte mich neben sie. Natürlich erwischten wir wieder die Bank direkt hinter dem Fahrer. Da Bad Waidach der vorletzte Halt auf der Route zur Schule war, blieb nicht gerade viel Auswahl.

»Brauchst du Mathe?«, fragte ich versöhnlich. Kristine, in Odolschwaden gehüllt und immer noch schmollend, nickte. Nachdem sie aber meine Fragmente einer Mathehausaufgabe in ihr Heft übertragen hatte, herrschte zwischen uns wieder eitel Freud und Sonnenschein. Was man vom restlichen Tag leider nicht behaupten konnte.

Montag war der schlimmste Tag der Woche. Er begann mit Mathe (derzeitiger Notenstand: ich dank eines wohlmeinenden Schicksals auf eine Vier gestiegen, Krissi unverändert bei Fünf), Physik (harmonisch verweilten wir auf einer wackeligen Vier), Chemie (Lizzy: Fünf, Kristine: Drei, was sie sich selbst nicht erklären konnte). Der traurige Höhepunkt des Tages: Geschichte, was ein interessantes Fach hätte sein können, wenn mit Herrn Rüb nicht der langweiligste Mensch der Welt es unterrichtet hätte. Es folgte eine Stunde Französisch bei Madame Eiffler (vielleicht auch interessant, leider verstand ich immer nur die Hälfte), und am Ende des Tages trat dann auch noch Klassen- und Deutschlehrer Viktor Wenz in Erscheinung. Leider nicht für Deutsch, sondern die sogenannte Verfügungsstunde, die unsere langweilige Schulhomepage folgendermaßen definierte: »Die Stunde kann, da nicht von fachlichen Inhalten bestimmt, vielfältig genutzt werden. Individuelle Themen, die Klasse betreffend, soziale Trainings oder Diskussionsrunden können im Vordergrund stehen.«

So weit die Theorie. In der Praxis hieß das in der Regel, dass man in diesen Stunden zum Beispiel den Klassensprecher wählte, wobei der Satz »Leon, du machst noch ein Jahr« diesen Programmpunkt erheblich verkürzt hätte. Manchmal wurde die Verfügungsstunde auch zur »Kreativstunde«, was dazu führte, dass unsere Klassengöttin Alexa und ihre beste Freundin Anna ihre immer gleich klingenden Gedichte vortrugen, die dann vom Rest ihrer Clique mit Lobeshymnen bedacht wurden. Und ab und zu erfand jemand aus der Klasse ein Problem, das dann von Herrn Wenz mit ernstem Gesicht – das für einen Lehrer relativ gut aussah – diskutiert wurde. Heute allerdings wurde kein Klassensprecher gewählt, Gedichte waren auch nicht dran, und nicht mal eine fiktive Krise rettete uns vor dem, was Herr Wenz vorbereitet hatte.

»Am 11. Juni ist es so weit«, verkündete er, »das Schulfest steht an. Und die Schulleitung hat beschlossen, dieses Jahr etwas Neues auszuprobieren.«

»Ach, du Scheiße!«, flüsterte Krissi, weshalb ich es nicht zu sagen brauchte.

Mit strafendem Blick auf uns fuhr Herr Wenz fort. »Die letzten Jahre standen die Schulfeste ja unter historischen oder jahreszeitlichen Themen.«

Ja, in der Tat. Mit Schaudern erinnerte ich mich an »Fröhliches Mittelalter«, als ich im Narrenkostüm Lose an den Mann bringen musste. Am Ende hatte ich gerade mal drei Stück verkauft. Alexa – standesgemäß im Prinzessinnengewand – riss mir schließlich den Loskorb aus den Händen, weil ihr eigener schon leer war. Das letztjährige Motto – »Sommer« – hatte mir besser gefallen, weil ich mir eine thematisch passende Sommergrippe eingefangen hatte. Ich hatte nur ein schlechtes Gewissen, weil Krissi damit das Amt der lebenden Werbetafel für die alkoholfreie Strandbar geerbt hatte.

Herr Wenz nahm zunehmend Fahrt auf.

»Dieses Jahr wollen wir zeigen, dass unsere Schulfeste mehr sein können als nur ›Jede Klasse denkt sich was aus und wurschtelt vor sich hin‹. Wir wollen zeigen, was unsere Schüler alles können. ›Miteinander über alle Grenzen!‹ – das ist unser Motto in diesem Jahr!« Ein feierlicher Blick überzog die Klasse, was mir verriet, dass dieses Motto von niemand anderem als meinem Klassenlehrer selbst stammte.

»Na, Leute, wie findet ihr das?« Er klatschte begeistert in die Hände.

Die daraufhin einsetzende Schleimorgie meiner Klassenkameraden war an Erbärmlichkeit schwer zu überbieten. Ein »Super!« reihte sich an das nächste, gefolgt von einer wortreichen Erklärung, warum man es hier mit der besten Idee seit der Erfindung des Rades zu tun hatte. Große Begeisterung wurde auch geheuchelt, als Herr Wenz die praktische Umsetzung beschrieb. Erst nach einer halben Stunde erlöste der Pausengong mich von meinen Qualen.

Hi, Tagebuch.

Jaaaa, ich weiß, ich habe gesagt, dass ich dich nie wieder anrühren werde. Aber irgendwo muss man seinen Frust doch loswerden. Krissi hat noch nicht mal kapiert, was für ein Schwachsinn das ach-so-revolutionäre Supermotto vom Wenz ist. Sie glaubt ernsthaft, das ist ihre Chance auf den Aufstieg.

Seit der Wenz mit dieser Tante von den Grünen zusammen ist, hält er es für seine heilige Pflicht, die Welt zu verbessern. Damit reitet er seine Schutzbefohlenen fröhlich in die nächste Scheiße. Und – siehe Krissi – manche davon glauben auch noch, dass diese Idee ihre Welt tatsächlich verbessern wird.

Ein KLASSENÜBERGREIFENDES Schulfest – ich fasse es einfach nicht. Auch noch mit Losverfahren. Jede Klasse wird in drei Gruppen geteilt, mit den originellen Namen 1, 2 und – Überraschung – 3. Die Gruppe 1 aus unserer Klasse darf dann mit den beiden anderen Gruppen 1 aus den Parallelklassen ein eigenes Projekt stemmen. Es gibt eine Kennenlernrunde, in der jeder, der Lust hat, ein Projekt vorschlagen darf. Dann wählt man drei Projektbetreuer. Krissi hat fast feuchte Augen gekriegt, weil sie mit Alexa in Gruppe 3 gelost wurde. Sie träumt ernsthaft davon, Seite an Seite mit ihr und Vanessa aus der 7B (ja, das ist die, die bei „Star Catchers!" eine Runde weiterkam, weil die Jury anscheinend taub war) gemeinsam das Projekt zu leiten.

Ich weiß übrigens jetzt schon, dass meine Gruppe 2 logischerweise von Leon, seinem besten Freund Raphael aus der B und dessen Zwillingsbruder Jeremias aus der C geleitet werden wird. Da immer Leons Vorschläge aufgegriffen werden – er ist immerhin Schülervertreter der Unterstufe –, gibt es mit einiger Sicherheit aus unseren Reihen ein spektakuläres Event wie ein Café, eine Losbude oder eine Losbude mit angeschlossenem Café. Ich kann's kaum erwarten zu erfahren, ob ich zum ersten oder zum letzten Spüldienst eingeteilt werde. Ich hätte mir vergangenes Jahr einen dieser Behälter mit Nährflüssigkeit aus dem Labor klauen und eine Kultur meiner Sommergrippe anlegen sollen. Die könnte ich mir dann rechtzeitig zum Schulfest in die Honey Balls rühren und meinem Schicksal elegant entkommen. So bleibt mir nur ein Fahrradunfall und für den bin ich zu feige.

Noch schlimmer als das Schulfest selbst ist übrigens der vom Wenz dazu erfundene „Freiraum". Der Name ist total gelogen. Freiraum wäre, wenn für den gesamten Planungs- und Arbeitsdreck für diese Veranstaltung, sagen wir mal, Chemie ausfallen würde. Aber nein. Freiraum heißt, dass mein Wochenende zukünftig zwei Stunden später anfängt, weil wir die Schulfestprojekte in der 7. und 8. am Freitag planen.

Ich esse jetzt was, obwohl kotzen auch eine Idee wäre.

Freitag, 25. März

- Noch 78 Tage bis zum Schulfest -

»Ein Café?« Stirnrunzelnd schob mein Vater sein in filigraner Kleinarbeit zusammengestelltes Raclette-Pfännchen in das Gerät. »Ihr braucht drei mal zwei Schulstunden, um darauf zu kommen, ein Café am Schulfest zu planen?«

Ich grunzte nur. Was sollte ich auch sagen? Dass ein Café die Innovation in Sachen Schulfestprogramm überhaupt war? Und deshalb natürlich nur in endlosen Diskussionen ersonnen werden konnte?

Kristine hingegen, die zum traditionellen März-Raclette bei uns immer eingeladen wurde, fühlte sich zur Verteidigung verpflichtet.

»Man musste ja erst mal die Projektleiter wählen, dafür haben wir schon das erste Treffen gebraucht. Beim nächsten Treffen gab es ein Brainstorming, da hat dann jeder gesagt, was für Ideen man so hat, und heute haben wir uns dann entschieden. War in allen Gruppen so.«

»Was war denn deine Idee, Lizzy?«, rief Tante Andrea von der Terrasse ins Esszimmer. Sie gönnte sich zwischen jedem Pfännchen eine Zigarette, »weil's schlank hält«, wie sie sagte. So gerne ich meine Tante habe, in Sachen Vorbildfunktion konnte derzeit kaum etwas Bedrohlicheres auf Krissi treffen.

»Elli hat keine Ideen.« Mein werter Bruder übernahm die Antwort. »Elli hat nur immer was zu maulen.«

»Dürfen wir nach oben?«, fragte ich.

Natürlich hätte ich meinem Bruder liebend gerne eine reingewürgt, aber das hätte nur wieder Knatsch gegeben, und das war mir peinlich vor den anderen. Außer Andrea waren schließlich auch noch Papas Freund Siggi und seine Frau Erika da. Zudem hatte sich mein Beitrag zur Ideenfindung tatsächlich bei null befunden.

Ausgerechnet Krissi vereitelte die Flucht. »Ich bin aber noch gar nicht fertig ...«, sagte sie und verteilte bereits Speck und Erbsen auf ihrem Raclette-Pfännchen.

»Was war denn nun deine Idee, Elli?«, fragte Mama, womit sie die nicht vorhandene Sensibilität gegenüber ihrer Tochter ein weiteres Mal bewies. Ich beschloss, sie alle mit Philosophie schachmatt zu setzen.

»Eine Idee macht dann Sinn, wenn es eine Chance gibt, sie umzusetzen.«

Das hatte leider null Effekt, denn Mama lachte. »Eine gute Idee kann doch immer angebracht werden!«

»Wir wären heute noch in der Steinzeit, wenn jeder so denken würde«, fügte Siggi hinzu.

»Ja«, pflichtete Erika bei, »das ist sozusagen Teil der gesellschaftlichen Verantwortung, die jeder von uns hat.« Insgeheim nannte ich die beiden ja nur noch »die Rabeneltern«, seitdem ich wusste, dass sie einen Sohn hatten, den sie aber rechtzeitig zur Einschulung in ein Internat abgeschoben hatten. Jetzt wollten mir also auch noch Leute, die sich ihrer Kinder entledigten, wenn die anfingen, selbstständig zu denken, etwas zu gesellschaftlicher Verantwortung beibringen.

Ich starrte auf die Raclette-Pfännchen. Der Käse, der dort zischend Blasen warf, illustrierte perfekt das Gefühl, das sich in meinem Zwerchfell breitmachte.

»Wenn man nie was sagt«, meldete sich Papa zu Wort, »darf man sich nicht beschweren, wenn andere bestimmen.«

Alle nickten. Würdige Abschlussworte, fanden sie wohl, aber in mir brodelte es.

»Erika, noch einen Rotwein?« Mama befüllte hastig das leere Glas. Vermutlich hatte sie eine düstere Vorahnung, was den drohenden Vulkanausbruch zu ihrer Rechten betraf. Und auch wenn ihre paranormalen Fähigkeiten sonst eher beschränkt ausfielen, diesmal sollten sie einen Treffer landen. Meistens hielt ich bei überflüssigen Diskussionen dieser Art den Mund, aber heute hatte ich es satt. Ich hatte keinen Aufstand gewollt, ich hätte mich auch noch ein paar Stunden durch Essen und Belanglosigkeiten tragen lassen. Aber ich sah nicht ein, dass man mein Leben, mein Verhalten und meine Meinung mit einem Plattitüdenschwall abkanzelte.

»Wenn du was sagst und alle anderen darüber lachen, gewöhnst du dir das ab«, fauchte ich.

Papa erkannte die Ernsthaftigkeit der Situation natürlich nicht.

»Na, es kommt doch immer darauf an, was man sagt …«, erklärte er gönnerhaft und griff nach der Weinflasche.

»Nein, tut es nicht«, widersprach ich. »In meiner Welt nicht, und ich glaube nicht, dass das besser wird in eurem Alter. Es kommt darauf an, wer es sagt. Und wenn derjenige eine Witzfigur ist, dann ist es eben niemals mehr als nur ein Witz.«

Passenderweise war die CD mit Easy-Listening-Gedudel am Ende angelangt. Am Tisch herrschte Schweigen.

Ich stand auf, legte meine Serviette auf den Teller und sagte: »Ich bin oben.«

Meine Mutter rief mir noch etwas hinterher, aber da hatte ich die Tür schon zugeknallt.

Einen Moment später klopfte es an meiner Zimmertür. Sie öffnete sich einen Spalt. Tante Andrea spähte herein.

»Darf ich?«

Ich nickte.

Andrea schloss die Tür und setzte sich zu mir aufs Bett, während ich die Ohrstöpsel meines MP3-Players aus den Ohren zog. Ein paar Sekunden Schweigen zogen durch das Zimmer und verschwanden durch das gekippte Fenster.

»So schlimm?«, fragte Andrea.

Ich dachte nach. War es schlimm, das unbeliebteste Mädchen der Klasse zu sein? Diejenige, die auf jeder Gästeliste fehlen musste, um die Party nicht zu ruinieren? War es schlimm, wenn jede Meldung im Unterricht an irgendeiner Seite ein Kichern oder Stöhnen oder beides hervorrief? Wenn jede Pause fünfzehn Minuten ausschließlich mit Krissi bedeuteten, die eh schon den ganzen Tag – außer in Religion – neben mir saß?

Ich zuckte mit den Schultern. Ich hatte mich daran gewöhnt. Ich hatte weder Selbstmordgedanken, noch hatte ich Angst, morgens in die Schule zu gehen. Weil es einfach normal war, dass ich in der Klasse auf der Beliebtheitsskala ganz unten stand. Da stand ich wenigstens in der vertrauten Gesellschaft von Kristine.

»Deine Freundin meint, es wäre besser, dich jetzt alleine zu lassen. Soll ich?«

»Nö. Ist okay.«

»Lachen wirklich alle über dich?«

Ich stand auf und schaltete meinen von Max geerbten Laptop ein. Ich klickte Facebook an und tippte auf »Suche«. Dann wies ich Andrea den Platz auf meinem Bürostuhl zu.

»Gib mal meinen Namen ein.«

Andrea tippte und betrachtete das Resultat.

Es gab keinen Nutzer dieses Namens, aber drei Gruppen wurden aufgespürt.

»Was meine EC-Karte alles kann?«, las Andrea vor.

»Genau«, bestätigte ich, »deine Elisabeth-Carbon-Karte. Da überlegen sich meine Klassenkameraden, was man damit abheben kann. Hier ist der Klassiker: ›Wenn ich zunehmen möchte, hebe ich einfach ein paar Kilos zusätzlich ab.‹« Ich schnaubte. »Ansonsten hebt man reduzierte H&M-Klamotten ab, oder wenn die Brüste zu groß sind, benutzt man seine EC-Karte, und – wusch – sind sie verschwunden.«

Meine Tante sah mich irritiert an.

»Das ist ja überhaupt nicht lustig. Das ist total öde … das ist einfach nur blöd!«

Ich zuckte mit den Achseln und sagte: »Noch erfolgreicher ist ›Ein Lied für Lizzy‹. Klick mal!«

Andrea tat es und las.

Lizzy Carbon
Die Welt könnte, ach, so schön sein.
Lizzy Carbon
So schön sein ohne Dich.
Lizzy Carbon
Zieh doch nach Uganda
Lizzy Carbon
Und friss denen alles weg.

»Das reimt sich nicht mal!«, empörte sich Andrea, während sie die Fortsetzung des Liedes scannte.

»Es muss sich nicht reimen. Es muss auch nicht lustig sein«, erklärte ich. »Es muss einfach gegen mich sein.«

Andrea stöhnte. Dabei hatte ich ihr nicht mal verraten, dass Jonas Röhler bei seinem letzten Geburtstag alle dreiundzwanzig Strophen mit seiner Band sehr erfolgreich uraufgeführt hatte.

»Vielleicht ist jetzt ein bisschen klarer, warum ich ein bisschen angepisst bin, wenn mir alle sagen, ich soll mich doch mal einbringen. Mama und Papa betonen ja gerne, dass ihre Zeit am Stifter-Gymnasium die tollsten Jahre ihres Lebens waren, aber ich sehe das anders.«

Andrea nickte. »Hast du ihnen das schon mal gezeigt?«, fragte sie und zeigte auf den Bildschirm.

»Um Gottes willen«, sagte ich, »Papa würde wahrscheinlich einen Riesenaufstand wegen Cybermobbing veranstalten, der mir noch drei Facebook-Seiten einbringt. Mama würde sagen, so sind Jugendliche nun mal und dass ich doch mal mit meinen Klassenkameraden reden soll, wie sehr mich das verletzt. Sie hat leider einen etwas naiven Blick auf die Jugend von heute.«

»Ich glaube, du unterschätzt deine Mutter ein bisschen«, sagte Andrea. »Sie hat mir neulich erst gesagt, wie schade sie es findet, dass du ihr so gar nichts mehr erzählst. Vielleicht wäre dieser ganze Dreck«, sie schaute noch einmal angewidert auf meinen Laptop, »einen Versuch wert.«

Ich schüttelte den Kopf. »Glaub mir, Tantchen, die Geschichten, die ich zu erzählen habe, taugen nicht für elterliche Ohren. Was übrigens bedeutet, dass auch du sie nicht erzählst.«

Missmutig hob Andrea die Finger. »Tantenehrenwort«, sagte sie. »Aber nur, wenn du mir versprichst, mich anzurufen, wenn ich dir irgendwie helfen kann.«

»Nichtenehrenwort«, erwiderte ich.

Donnerstag, 31. März

- Noch 72 Tage bis zum Schulfest -

»Lizzy! Backbord!«

Ich war zwar nicht unbedingt ein Experte in Sachen Seefahrt, wusste aber, dass »backbord« eigentlich nicht »hinter dir« bedeutete. Aber dort stand Tante Andrea vor ihrem peinlich pinken Opel Corsa und winkte mir zu, als ich mit Kristine durch das Haupttor der Schule kam. Wir gingen zu ihr.

»Hi«, sagte ich. »Was machst du hier? Willst du doch noch dein Abi nachholen?« Eine kleine Spitze, über die meine Tante aber entspannt lachen konnte.

Es war ein stetig wiederkehrender Anlass zum Kopfschütteln bei Familienfesten, dass Andrea seinerzeit mit der Begründung »Das ist mir zu langweilig und außerdem brauche ich Geld« nach der elften Klasse die Schule geschmissen und stattdessen lieber eine Ausbildung gemacht hatte. Oma konnte bei dem Thema richtig zornig werden, und wenn Mama – wie gesagt Fachfrau für missglückte Ablenkungsmanöver – dann einwarf, dass man mittlerweile sogar per Fernstudium sein Abitur nachholen konnte, ließ es sich Andrea nicht nehmen, darauf hinzuweisen, dass sie in ihrem Steuerbüro mehr verdiente als Mama in der Kanzlei. Das beruhigte die Oma dann wieder, dafür war Mama halt sauer.

»Ach nee, heute nicht. Mach ich vielleicht, wenn ich in Rente bin.«

Sie zog mich an sich und gab mir einen Schmatzer auf die Wange, während sie Kristine zuwinkte.

»Mir ist eingefallen, dass wir noch was offen haben. Und weil ich heute freihabe, dachte ich – tun wir es gleich, sonst tun wir es nie.«

»Wir haben noch was offen?«, fragte ich.

»Na, unsere Einkaufstour! Die ich dir zu Weihnachten geschenkt habe.«

»Ach, die«, sagte ich. »Das war aber Weihnachten vor vier Jahren, das hatte ich jetzt echt nicht mehr auf der Pfanne.«

»Oh.« Andrea kratzte sich verschämt an der Nase. »Ist das doch schon so lange her?«

Ich lachte. »Grundsätzlich bin ich da natürlich sehr offen, aber eigentlich muss ich mit Kristine heute Französisch büffeln.« Die nächste Klassenarbeit war schon deutlich näher, als unser Wissensstand vermuten ließ.

»Bist du wahnsinnig?«, schrie Kristine. »Da steht eine Frau, die Taschen voller Geld, und will es mit dir ausgeben, und du faselst was von Französisch! Verschwinde!«

Sie stieß mich zu meiner Tante, die mich lachend in den Arm nahm. Dann machte sie die Beifahrertür auf und ließ mich mit einer Verbeugung einsteigen.

»Das vergessene Weihnachtsgeschenk kommt dir aber nicht zufällig in den Sinn, weil du deine Nichte seit dem Raclette für akut selbstmordgefährdet hältst?«, fragte ich, als sie eingestiegen war und sich anschnallte.

»Oh Mann, du bist echt deutlich zu clever für dein Alter.«

Andrea wuschelte mir so heftig durch die Haare, dass selbst der letzte klägliche Rest Frisur verpuffte.

In Sachen Shopping war meine Tante echt effizient. Keine zwei Stunden nach dem erfreulichen Kidnapping strebten wir beladen mit zwei Taschen voller Klamotten zum Ausgang des Einkaufszentrums. Daneben hatten wir auch noch eine Runde Burger King, eine Stippvisite am Softeisstand und Erinnerungsbilder im Fotofix-Automaten geschafft. Ich war groggy und freute mich schon darauf, die Beute auf meinem Bett auszubreiten. Sogar ein BH hatte es in meine Tüte geschafft. Als ich Andrea erzählte, dass Mama den unnötig gefunden hatte, konnte sie nur den Kopf schütteln.

»Sie nennt es unnötig, einen zu kaufen, ich finde es unverantwortlich, nicht vorbereitet zu sein. Ich sage dir, eines Tages macht es bing und dann sind sie da und dann brauchst du so einen. Das ist wie im Märchen.«

Wir gingen durch die Drehtür und sahen uns ratlos um. Offensichtlich waren weder sie noch ihre Schwester noch ich besonders gut darin, uns zu merken, wo wir geparkt hatten.

»Haben Sie eine Minute Zeit für mich?«, sprach eine Frau meine Tante an.

Sie war ungefähr so alt wie Andrea, schien aber deutlich seltener Modezeitschriften zu lesen. Ihre Kleidung kombinierte in einträchtiger Langeweile die Gähnfarben Grau und Dunkelgrün, ihre Haare waren zu einem strengen Zopf gebunden, eine

Frisur, die ich eigentlich nur aus deprimierenden Filmen, die in Hitlerdeutschland spielten, kannte.

Oh nein, dachte ich, als ich bemerkte, dass sie einen »Wachtturm« vor sich hielt.

»Klar, worum geht's?«, fragte Andrea.

»Meine Tochter und ich würden gerne ein wenig mit Ihnen über Ihren Glauben sprechen.« Tatsächlich, hinter ihr stand ein Mädchen, das sich in Sachen Mode tragischerweise an seiner Mutter orientierte und deswegen nur sichtbar wurde, wenn man sich ganz genau auf sie konzentrierte. Ich glaubte, mich dunkel zu erinnern, dass sie auf meine Schule ging, war mir aber nicht sicher.

Meine Mutter hätte sofort den Rückwärtsgang eingelegt und einen überbordend vollen Terminkalender erfunden, aber Andrea war da anscheinend anders gepolt. Ihre Augen leuchteten sogar richtig.

»Aber gerne!«, rief sie.

Hallo, Tagebuch!

Ich liebe Tante Andrea, aber sie hat echt einen Sockenschuss. Wir hatten heute einen richtig tollen Mädelstag zusammen - ich bin zwei Jeans, einen BH und ein richtig abgefahrenes Top reicher -, und als wir uns gerade auf den Heimweg machen wollten, wurden wir von den Zeugen Jehovas angequatscht. Jeden normalen Menschen nervt das - wenn herkömmliches Christentum schon öde ist, dann sind die Zeugen Jehovas die Potenzierung von öde -, aber Tante Andrea ging ab wie Schmidts Katze und hat die unglückselige Botschafterin des Glaubens zugequatscht, als hätte sie gerade ein zehnjähriges Schweigegelübde hinter sich gebracht. Erst hat sie einen Vortrag über Logikfehler in irgendwelchen Bibelstellen gehalten – für eine Frau, die vorletztes Jahr aus der Kirche ausgetreten ist, ist sie bemerkenswert gut informiert – und kam dann irgendwie auf das Thema „Das Recht auf Spaß". Das steht, glaube ich, so nicht in der Bibel, aber auf jeden Fall fand Andrea, dass Zeugen Jehovas dieses heilige Grundrecht missachten. Die Frau lächelte milde (was sie schon seit zwanzig Minuten machte, deshalb wirkte es mittlerweile eher unheimlich als freundlich) und sagte dann, dass das nur ein Vorurteil sei. Ihre Glaubensgemeinschaft kenne durchaus Spaß, und man habe auch seine Hobbys, die vielleicht stiller, aber auch erfüllender seien als das, was man landläufig darunter verstehe.

„Aha", sagte Tante Andrea und fragte dann: „Welche denn? Und alles mit Beten, Gottesdienst und so lassen wir mal nicht gelten."

„Nun, meine Tochter hat zum Beispiel viel Freude an der Kalligrafie."

Sie zeigte auf das Mädchen, das ich schon wieder vergessen hatte. Das lächelte artig.

„Kalli…was?", fragte Andrea.

„Schönschrift", lieferte ich meinen einzigen Beitrag zum Gespräch. Ich wusste das so genau, weil meine ehemalige Grundschullehrerin Frau Bimmel meine Handschrift immer als „das Gegenteil von Kalligrafie" bezeichnet hat.

Tante Andrea ließ sich dann noch ein paar Beispiele für Kalligrafie aus dem Skizzenblock des Mädchens zeigen, und das war dann endlich so langweilig, dass auch Andrea der Sinn nach Aufbruch stand und wir uns kurz darauf auf den Heimweg machten.

Kalligrafie! Das Mädel war mindestens zwölf! Was kommen denn da für Hobbys, wenn sie erst mal achtzehn ist? Briefmarken sammeln? Weinbergschnecken beobachten? Obwohl, das ist mit Sicherheit beides schon zu aufregend. Wenn sie den Nervenkitzel aushält, schafft sie es vielleicht noch zu einem Häkelkurs in die Volkshochschule.

Oh, ich vernehme einen überraschten Kiekser aus mütterlicher Kehle. Ich glaube, ich habe meinen BH in der Küche liegen lassen. Den rette ich mal lieber, bevor sie ihn sich unter den Nagel reißt. In Sachen Unterwäsche ist sie nämlich eher sparsam unterwegs.

Freitag, 1. April

- Noch 71 Tage bis zum Schulfest -

Hey, Tagebuch.
Kristine geht mir zwar manchmal auf die Nerven, und ihren Plan, die erste Raucherin unserer Stufe zu werden, halte ich für so klug wie ihre Anarchistengruppe auf Facebook (Muss ich die sehr überschaubare Mitgliederzahl erwähnen? Na gut, seit ihre Großmutter sich erbarmt hat, sind es drei.) - heute war sie echt nützlich.

Wir hatten Projektgruppe, wie jeden Freitag. Die Götter - also Leon, Jeremias, Raphael - hatten entschieden, dass wir uns Gedanken machen sollten, was unser Café denn anbieten könnte. Nach fünfundvierzig Minuten hatten ihre Freunde aufgezählt, was für Sorten Kaffee sie kennen: Cappuccino, Latte Macchiato, Milchkaffee und normalen Kaffee, der aber - Einspruch Janine - Café crème genannt werden muss, damit den jemand trinken will. Svenja brachte noch die revolutionären Getränke Kakao (Einspruch Janine: heiße Schokolade) und Tee ins Spiel. Na, mitgezählt? Richtig! Fünfundvierzig Minuten für sechs Getränke. Ich habe keine fünfundvierzig Sekunden gebraucht, um sie aufzuschreiben. Wenn ich das Papa erzählen würde, wäre das wieder ein toller Einstieg in Sachen „abendliche Weisheiten auftischen".

Als wir in die zweite Halbzeit starteten, für die lustiges Kuchenaufzählen geplant war, ging der Feueralarm los. Ich packte hurtig zusammen - na gut, ich musste nur die Kaugummis in den Rucksack werfen.

Leon sah mich an.

„Du weißt aber schon, was das ist?", fragte er mit diesem „Ich bin Klassensprecher und Bester in Mathe und habe sogar schon eine Freundin, die mysteriöserweise noch nie jemand gesehen hat"-Blick, der Mathelehrerinnen und andere Geschmacksverirrte vom Hocker haut.

„Feueralarm?", sagte ich. Ich war mir nicht ganz sicher, ob er trotz des coolen Getues nicht doch eine Wissenslücke stopfen musste.

„April", sagte Janine und rollte mit den Augen. „Heute ist erster April."

„Ja und?", sagte ich. „Muss ich deswegen verbrennen?"

„Lass sie gehen. Sollen sie doch die Fünftklässler auslachen." Jeremias winkte ab. Jeremias kann mich genauso wenig leiden wie alle anderen, aber ich mag seine Ehrlichkeit dabei. Er tut wenigstens nicht so, als würde ihm meine Anwesenheit in der Gruppe irgendwas bedeuten oder als würde er dafür sorgen wollen, dass ein Wirgefühl entsteht. Apropos: Sollte bei mir mal ein Wirgefühl aufkommen, dürfte das ein erstes Anzeichen für Schizophrenie sein.

Um das klarzustellen: Natürlich wusste ich, dass erster April war. Dreimal darfst du raten, wer das Lieblingsobjekt unserer Klasse für Aprilscherze ist. Ein erster April geht an einer Elisabeth Carbon garantiert nicht unbemerkt vorbei. Ich fand nur die Aussicht schön, den

Rest der Stunde auf dem Schulhof rumzustehen und dann ab nach Hause. Da das Argument mit den Fünftklässlern aber was für sich hatte und ich offensichtlich auch die Einzige war, die den Notfallplan umzusetzen gedachte, blieb ich doch sitzen.

Nachdem Anne-Marie mit „Schwarzwälder Kirschtorte" den Einstieg ins Thema gefunden hatte, beendete Janine das Ganze gleich wieder.

„Irgendwie riecht's hier komisch."

Leon spähte aus der Tür, wurde ganz uncool bleich, und ich war dann die Letzte, die durch den rauchgefüllten Gang auf den Schulhof schritt.

Zwischen heulenden Fünftklässlern erspähte ich Kristine.

„Krass, oder?", begrüßte sie mich. „Unsere Projektgruppe hielt das für einen Aprilscherz!"

„Ist es wieder das Labor?", fragte ich sie.

Vor zwei Jahren ging da mal ein Versuch in der Neunten schief, daher schien mir das die plausibelste Erklärung.

„Nee, es sind die Toiletten. Das muss Brandstiftung sein!" Kristines Augen leuchteten vor Begeisterung. Krissi ist leider so. Nach diesem Amoklauf in Thüringen erzählte sie mir, wie gerne sie auch mal interviewt werden würde, und fühlte sich dann total falsch verstanden, als ich sagte, wie krank ich das fände.

„Brandstiftung? Glaub ich nicht." Ich schüttelte den Kopf. „Wahrscheinlich hat nur jemand seine Kippe nicht richtig ins Klo geworfen."

Es dauerte ein bisschen, bis ich merkte, dass Kristine gar nichts sagte. Aber als ich dann ihr blasses Gesicht sah, wusste ich, dass das noch ein Scheißtag für sie werden würde.

Montag, 1. April

- Noch 68 Tage bis zum Schulfest -

Kristine fehlte am Montag. Somit verpasste sie diverse Pyromanenwitze, eine ausgefallene Chemiestunde und den aktuellen Schulfest-Projektbericht. Die anderen Gruppen verteilten bereits Zuständigkeiten – wer kochte und backte, wer kellnerte, wer warb mit Handzetteln, wer malte Plakate.

Ich rief sie am Nachmittag an und überbrachte ihr die frohe Nachricht, dass sie bei der Vernissage ihrer Gruppe die Sektgläser abspülen musste. Wenigstens war sie nicht allein. Popel-Carsten aus der B löste sie nach zwei Stunden ab. Seinen Spitznamen verdankte er der Tatsache, dass er sich im Unterricht körpereigene Zwischenmahlzeiten gönnte.

»Wenigstens muss ich nicht mit ihm zusammen spülen!«

Kristine konnte dem Ganzen bei unserem Telefonat noch etwas Gutes abgewinnen.

»Kristine! Das ist der Arschlochjob in eurer Gruppe! Hätte man das nicht gerechter aufteilen können? Eine Stunde durch die Ausstellung führen, eine Stunde Sekt servieren, eine Stunde spülen?«

»Bäh!«, quakte es aus dem Telefon. »Willst du von Popelino den Sekt serviert bekommen?«

Ich schluckte den Würgereiz runter und blieb bei meiner Meinung.

»Es ist einfach nicht fair. Und es sieht in allen Projekten so aus. Die coolen Jobs an die Coolen, die Drecksarbeit an dich und mich und unsere Liga.«

»Ihr habt doch noch gar nicht aufgeteilt, dachte ich.«

»Ich krieg übermorgen Taschengeld. Ich wette es komplett darauf, dass auch ich meine Hände im Spülwasser baden werde.«

»Sorry, keine Chance«, erwiderte Kristine. »Ich bin … äh … etwas klamm. Meine Mutter hat mir das Taschengeld für den Monat gestrichen.«

»Ganz schön hart für eine abgefackelte Schultoilette.«

»Manchmal frage ich mich echt, auf wessen Seite du stehst«, giftete Kristine.

»Auf unserer«, sagte ich seufzend. »Auf unserer.«

Und meinte es auch wirklich so.

Nach dem Grauen eines Schulmontags brauchte ich etwas harmloseren Horror. Da traf es sich gut, dass ich vor einigen Tagen einen Wälzer von Stephen King auf dem Nachttisch meines Vaters entdeckt hatte. Ich fläzte gemütlich auf dem Sofa. Der Kampf gegen einen fiesen Gruselclown näherte sich seinem Höhepunkt. Leider entdeckten Papa und Max ausgerechnet jetzt das Wohnzimmer als passende Location für ein Vater-Sohn-Gespräch.

Max referierte mal wieder über seine Wahl zum Vorsitzenden von »Wir entscheiden mit!«. Hierbei handelte es sich um eine in meinen Augen reichlich überflüssige Vereinigung von Sechzehn- bis Neunzehnjährigen, die ihr politisches Interesse zum nicht näher bestimmten Wohle der Allgemeinheit einsetzen wollte. Papa störte das nicht. Mit vor Vaterstolz glänzenden Augen lauschte er dem Vortrag seines Mustersohnes. Nachdem ich in zwanzig Minuten Max-Monolog mindestens einundzwanzigmal das Wort »Ich« gehört hatte, war mir klar, dass ich dringend wegmusste. Ich klappte das Buch zu.

»Ach, du hast meinen King«, fiel Papa auf.

»Das ist noch nichts für dich«, ergänzte mein Bruder.

»Danke, Papa«, antwortete ich. »Ach nee, das ist ja der andere Mann da.«

Ich zeigte auf meinen Vater, der lachte.

»Gib's mir bitte wieder, wenn du fertig bist«, sagte er und wandte sich wieder dem Egomanen zu seiner Linken zu. Es war Waldzeit, entschied ich und lief nach oben, um meinen Rucksack zu holen.

Ich kam gerade noch rechtzeitig. Meine Mutter stand kopfschüttelnd in meinem Zimmer und griff nach einem T-Shirt, das ich bei einer etwas hektischen Umziehaktion vor drei Tagen ins Bücherregal gestopft hatte. Es lag direkt über meinem Tagebuch. Dem Tor zu meiner inneren Welt. Eine Versuchung, in die man keine Mutter führen durfte.

»Das brauche ich«, rief ich und schnappte mir das Shirt mit einem entschiedenen Griff, der das Tagebuch mitrettete. Ich setzte mich aufs Bett und schob unauffällig meine Aufzeichnungen unter die Decke, während ich die Vorwurfsvolle spielte.

»Was machst du in meinem Zimmer?«

»Deine dreckigen Klamotten einsammeln!«, sagte Mama.

»Den Wäschesack in eurem Bad haltet ihr ja anscheinend für Deko.«

Sie zog mir das T-Shirt aus den Händen und redete weiter. »Ich komm mir manchmal vor wie in diesen Wimmelbüchern, die wir früher zusammen gelesen haben. Nur suche ich jetzt allein und nicht mehr nach der entführten Prinzessin oder dem freundlichen Gespenst, sondern nach dreckigen Schlüpfern und verschwitzten Pullovern. Das muss doch nicht sein.«

Max kehrte soeben von seinem Politikgeschwafel mit Papa zurück.

»Genau!«, rief er herein. »Ich lege meine Wäsche auch immer neben meine Zimmertür.«

Meine Mutter warf ihm einen scharfen Blick zu. »Ein Zimmermädchen weiß diese Geste bestimmt zu schätzen. Aber die Frau, die immer noch für euer Taschengeld zuständig ist, will Wäsche im Wäschesack. Punkt.«

Ich holte meinen Rucksack aus dem Schrank und packte den King ein.

»Wo willst du hin?«, fragte Mama.

»Spannende Frage, deren Antwort zum Schutz meiner Privatsphäre leider ausbleibt«, sagte ich und ging raus.

Vermutlich dachte sie jetzt, ich würde in einem dunklen Keller erste Rauschgifterfahrungen sammeln, und sah vor ihrem geistigen Auge schon stumpfe Nadeln und geheimnisvoll aufglühende Rauchgeräte. Aber der Wald war mein Geheimnis. Punkt.

Ich gönnte mir mindestens einmal pro Woche zwei Stunden Wald, auf der Suche nach immer neuen Lieblingsplätzen. Ich fand auch fast jedes Mal einen. Diesmal hatte es mir die Wurzel eines wohl schon vor langer Zeit gefällten Baumes angetan. Er musste sehr alt gewesen sein. Seine mächtigen Wurzeln lagen in einem frei stehenden Hügel, und wenn man sich hinsetzte, war er ein natürlicher Sessel. Man hatte zwei Armlehnen aus Holz, konnte sich bequem zurücklehnen und den Wald auf sich wirken lassen. Das immer grüner werdende Laub der Birken erzeugte einen irgendwie beruhigenden Kontrast zu ihrer weißen Rinde. Den King hatte ich schon vergessen. Stattdessen schaute ich einfach nur.

Ja, ich war eine Jüngerin des Waldes. Seit diesem Erlebnis vor vielen Jahren. Ich habe niemandem davon erzählt und würde es auch niemals tun. Ich brauche keinen höhnischen Kommentar meines Bruders, keinen sorgenvollen Blick von Mama, die mich deshalb als reif für die Klapse einstuft.

Wir waren gerade nach Bad Waidach gezogen. Meine Eltern waren permanent schlecht gelaunt, weil nicht alle Arbeiten im Haus rechtzeitig fertig geworden waren. Wir mussten ins noch halb fertige untere Bad pinkeln gehen. Duschen ging gar nicht, was morgens archaisch anmutende Waschorgien an den Waschbecken in Küche und Keller nach sich zog. Max hatte schon erste Freunde gewonnen und war kaum zu Hause. Ich kannte niemanden und rief meine damalige Freundin Marlen jeden Abend an, obwohl sie von Mal zu Mal wortkarger wurde.

Eines Abends – Mama und Papa hatten sich wieder gestritten und waren dann erschöpft ins Bett gefallen – entschied ich mich, dieses Leben für immer hinter mir zu lassen. Ich klaute zwei trockene Brezeln aus dem Brotkasten, hinterließ als Abschiedsbotschaft auf einem Post-it am Kühlschrank die Nachricht »Bin im Ausland. Sucht mich nicht!« und fragte mich dann: Wohin?

Ich entschied mich für Italien. Das war ja wohl noch irgendwo in der Nähe von Deutschland und bei der Mafia hatte man bestimmt Verwendung für eine todesmutige Ausreißerin. Also schloss ich leise die Haustür, verabschiedete mich still von meinem alten Leben und ging, dem Kegel meiner »Hello Kitty«-Taschenlampe folgend, in den Wald. Hinter dem ging schließlich immer die Sonne auf, und weil es in Italien immer warm war, schien meinem achtjährigen Hirn diese Route absolut logisch.

Ich zog mich zurück zwischen die dicht beieinanderstehenden Nadelbäume und schaltete die Lampe aus, um eventuelle Verfolger abzuschütteln. Ich schaute zum Himmel. Es war die ganze Woche bewölkt gewesen. Kein einziger Stern funkte sein hoffnungsvolles Licht gen Erde. Nur ich war da und die Dunkelheit. Ganz allein.

Ich setzte mich und lehnte mich an den Stamm hinter mir. Und fühlte mich von ihm getröstet.

Eigentlich hatte ich nun zur ersten wohlverdienten Rast eine Brezel aus meiner Hosentasche wühlen wollen, doch stattdessen vergrub sich meine Hand im Boden. Abgefallene Nadeln piksten sanft, ein einsamer Vogel sandte ein paar Rufe in die Nacht. Als hätte der Vogel ihn herbeigerufen, setzte ein sanfter Wind ein und ließ die Baumspitzen rauschen. Um mich herum hörte ich ein Rascheln. Vielleicht eine Maus, dachte ich.

Dann knackten Zweige.

Okay, vermutlich eine Maus, verfolgt von einem Fuchs.

Leichter Regen setzte ein und erweckte den Geruch des Waldes. Holzig-harzig, frisch und gleichzeitig so beruhigend wie meine seit Jahren ungewaschene Knuddeldecke. Obwohl es erst Mai war, war die Luft warm, die paar Regentropfen, die mir auf das Gesicht fielen, waren eine angenehme Erfrischung. Alles war lebendig und wunderbar still.

Ich musste Stunden so gesessen haben, denn als ich wieder aufstand und nach Hause ging, dämmerte es bereits. Ich legte die Brezeln zurück in den Brotkasten, entsorgte das Post-it, schlüpfte in den Schlafanzug und entschied, nie jemandem von dieser Nacht zu erzählen. Es war meine Nacht. Die Nacht, in der mich der Wald vor dem sicheren Abstieg in die organisierte Kriminalität bewahrt hatte.

Ich lehnte mich in meinem Wurzelsessel zurück. Bei euch ist gut, dachte ich.

»Warum?«, fragte eine der Wurzeln.

»Weil ihr nicht dauernd labern müsst«, antwortete ich. »Zumindest bis jetzt.«

»Manchmal muss man aber reden. Manchmal darf man nicht immer nur nörgeln und sarkastische Kommentare abgeben, sondern muss was in die Hand nehmen«, gab die Wurzel zurück.

»Sag mal, hast du in letzter Zeit Kontakt mit meinem Vater gehabt?«, fragte ich. »Mitte vierzig, Bauchansatz, immer eine Weisheit parat, wenn man keine braucht?«

»Nein. Außerdem gebe ich keine Weisheiten von mir. Ich bin eine Wurzel und kann gar nicht reden. Du gehst ganz schön pampig mit deinen Hirngespinsten um. Vielleicht hat dein doofer Bruder recht. Du kannst nur maulen.«

Entrüstet fuhr ich hoch und packte meinen Rucksack. Jetzt hatte man nicht mal mehr im Wald seine Ruhe.

Mittwoch, 6. April

- Noch 66 Tage bis zum Schulfest -

Sekundengenau mit dem Klingeln zur ersten Pause ließ Kristine ihren Stift ins Federmäppchen fallen.

»So, dann mal ab zum Bäcker!«, verkündete sie.

»Wieso das denn?«, fragte ich. »Du hast doch was dabei.«

»Aber du nicht. Du brauchst mal was Vernünftiges zwischen die Zähne.«

Theoretisch konnte ich mir natürlich morgens auch ein Pausenbrot schmieren und einen Apfel oder eine Orange einpacken. Praktisch hatte ich dafür aber nie genug Zeit, weshalb meine Nährstoffzufuhr in Schulzeiten sich aus dem dürftigen Schokoriegelangebot unserer Cafeteria speiste. Die hatte ansonsten nur unappetitlich vollwertige Pausensnacks zu bieten, seit sie in den Verantwortungsbereich von Herrn Wenz fiel.

»Na gut«, sagte ich mit einem Achselzucken. Ein dick belegtes Salamibrötchen aus gutem Weißmehl mit ordentlich Mayonnaise oder noch besser so ein Streuselteilchen mit Puddingfüllung war tatsächlich eine verlockende Aussicht. Dazu musste man sich durch den neben dem Schulhof liegenden Kirchpark schleichen, was heute aber kein Problem war. Herr Rüb hatte Aufsicht am Haupteingang, und dem hatte anscheinend noch keiner gesagt, dass man seinen Kopf auch mal drehen konnte, weshalb seine Überwachungstätigkeit sich auf einen sehr eingeschränkten Bereich begrenzte.

Wir bogen nach dem Kirchpark links ab, überquerten die Hauptstraße. Ein paar Fünftklässler mit nassen Haaren kamen uns entgegen. Den Rückweg vom etwas abgelegenen Schwimmbad nutzte man gerne für einen in diesem Falle erlaubten Abstecher zum Bäcker.

Die Tür vom Café Morgenrot ging mit einem leisen Bimmeln auf. Max und sein unsympathischer Kumpel Ertem kamen mit zwei Coffee to go in der Hand heraus.

Max schaute mich vorwurfsvoll an.

»Du weißt schon, dass das Verlassen des Schulgeländes in der Pause erst ab der Oberstufe erlaubt ist?«, fragte er. Ertem nickte mahnend dazu.

»Ah, interessant«, antwortete ich. »Haben die das gerade neu eingeführt oder habt ihr das einfach bis zur Zehnten ignoriert?« In den zwei Jahren gemeinsamer Schulzeit auf dem Stifter hatte ich mir ein durchaus realistisches Bild der Regeltreue meines Bruders erarbeitet.

»Das ist was anderes«, sagte er und ließ uns ohne weitere Erklärung dieses faszinierenden Sachverhaltes stehen.

»Also, irgendwie sieht dein Bruder richtig gut aus, wenn er so streng ist«, sagte Kristine bewundernd.

»Kristine, dieser Gedanke wird an dieser Stelle beendet. Sofort.« Wir gingen rein und ich stellte mich an. Die solariumsverbrannte Ziege, die hier in letzter Zeit leider immer häufiger statt der freundlichen älteren Dame bediente, händigte einem Mann seine Brötchentüte aus und funkelte die nächste Kundin mit zornigen Augen an. Es war das Mädchen aus der Fünften, das von allen wegen ihrer beträchtlichen Leibesfülle nur Ma Baker genannt wurde. Dank ziellosem YouTube-Gesurfe wusste ich, dass sie ihren Spitznamen einem albernen Liedchen über eine schwergewichtige Gangsterlady verdankte.

»Dann such dir mal was Schönes aus«, sagte Kristine, klopfte mir auf die Schulter und verschwand im angrenzenden Cafébereich, wo sie zielsicher auf die Toiletten zustrebte. Okay, jetzt machte ihre spontane Ausflugsfreude wieder Sinn. Wir hatten gestern eher unschöne Szenen vor dem Ersatzklo erlebt.

»Wird das heute noch was?«, herrschte die Verkäuferin Ma Baker an. Entweder sie hasste Kinder oder Arbeit oder beides.

Die Dicke zuckte zusammen und sagte dann hastig: »Ein Pizzabrötchen, zwei Schoko-Donuts und eine Flasche Kaba.«

Oh Mann, dachte ich. Bei dem Ernährungsverhalten stehen dir noch einige unschöne Jahre auf unserer Schule bevor.

Das Mädchen bezahlte und verließ die Bäckerei.

»Sich in dem Alter schon so gehen zu lassen«, kommentierte die Verkäuferin, bevor sie ihre Aufmerksamkeit mir zuwandte.

Ich entschied mich für einen Obstbecher. Den hätte ich auch in der Cafeteria bekommen, aber irgendwie war mir die Lust auf ein puddinggefülltes Streuselteilchen vergangen.

»Na, das war doch mal eine prima Idee«, sagte Kristine, während wir durch den Kirchpark zurück zur Schule zuckelten.

»Das sollten wir viel öfter machen.«

»Vergiss es«, sagte ich. »Ich werde nicht mein gesamtes Taschengeld zum Bäcker tragen, nur weil du dich nicht mehr in der Schule aufs Klo traust.«

Kristine verzog schmollend den Mund. Ich lugte über das Gatter zum Schulhof, ob Gefahr drohte. Herr Rüb war weiterhin in unveränderter Position, als hätte er sich für eine Zweitkarriere als Standbild entschieden. Wir huschten passgenau zum Klingeln zurück aufs Schulgelände.

»Und so wie dich der Verkaufsdrachen angeblinzelt hat, als du aus dem Morgenrot gerannt bist, solltest du auch noch mal überlegen, ob das langfristig so eine gute Idee ist.«

»Ach, die hat das doch gar nicht gemerkt«, behauptete Kristine.

Freitag, 15. April

- Noch 57 Tage bis zum Schulfest -

Guten Morgen, Tagebuch,
wobei es doch recht unwahrscheinlich ist, dass es heute irgendwie gut wird.

Es ist nämlich Präsentationstag! Das heißt, in unserem bekackten „Freiraum" werden wir heute mit stolzgeschwellter Brust unsere Projekte für das Schulfest vorstellen. Schade, dass mein Stolz sich so in Grenzen hält. Sonst hätte ich wenigstens mal Brust.

Scheißgag. Scheißschulfest. Scheißprojekte. Falls es noch nicht aufgefallen sein sollte, meine Laune ist im Arsch. Aber gut, im Vergleich zu Kristine geht's mir bombig. Die wurde gestern zum zweiten Mal in zwei Wochen zum Direktor bestellt. Das erste Mal, klar, wegen der abgefackelten Schultoilette, das zweite Mal streng genommen auch.

Das Mädchenklo im Hauptgebäude ist jetzt ja nicht mehr benutzbar, deshalb müssen alle Mädels zur Toilette bei den Umkleideräumen an der Turnhalle. Also ist man die fünfzehn Minuten Pause eigentlich zu zwei Dritteln - wenn die Schlange länger ist, auch zu drei Dritteln - ausschließlich mit seinen natürlichen Bedürfnissen beschäftigt. Das finden alle ätzend, und da alle wissen, dass sie es Krissi zu verdanken haben, ist es für sie besonders hart in der Schlange. Ich dachte ja immer, das Wort „Fotze" wird ausschließlich in bildungsfernen Hartz-IV-Familien in größerem Maßstab gebraucht. Pinkelanstehen mit Krissi hat diesen Irrtum aufgeklärt.

Die hat das verständlicherweise nur einmal mitgemacht und ist seit Mittwoch in den großen Pausen immer zum Café Morgenrot geschlichen. Und was passiert? Die blöde Bedienung dort - Lady Lederhaut, nicht diese freundliche Oma natürlich - hat nix Besseres zu tun, als sich nach Krissis dritter Klo-Exkursion ohne Verzehr im Sekretariat zu beschweren.

Da das Verlassen des Schulgeländes erst ab der Elften erlaubt ist, hatte Krissi nun wieder ein Date mit dem Direx, und dem erzählt man natürlich nicht in allen Einzelheiten, weshalb man auswärts pinkeln geht.

Mann, bin ich froh, wenn der heutige Schultag vorbei ist. Ab vierzehn Uhr gibt es wieder ein Leben, das so etwas Ähnliches wie Spaß macht.

»Elli, nicht vergessen, du hast heute Zahnarzttermin«, sagte meine Mutter.

»Wie? Wann?«, fragte ich panisch.

»Viertel nach zwei.«

»Das schaffe ich nicht. Wir haben Projektpräsentation, da komme ich erst um zwei raus«, protestierte ich.

Bitte, gib mir noch eine Woche, betete ich dabei, in einer Woche hole ich zahnhygienisch locker nach, was ich im letzten Jahr nicht geschafft habe. Dr. Franke – besser bekannt als Frankenzahnstein – war ein strenger Protokollant vergangener Versäumnisse.

»Oh«, sagte Mama und blätterte in ihrem Notizbuch. »Ich kann dich abholen. Ich habe erst um drei wieder einen Termin.«

Verdammt, dachte ich. »Es kann aber auch länger dauern …«

»Dann rufe ich beim Franke an und sage ihm, dass er noch einen Patienten vorziehen kann. Das klappt schon.« Meine Mutter durchschaute mich natürlich.

So viel zum Thema »Ab vierzehn Uhr macht das Leben wieder Freude«, dachte ich.

Ich war heilfroh, als die Präsentation losging. Nicht weil ich mich so auf den Zahnarzt hinterher freute oder voller Stolz den Auftritt meiner Gruppe erwartete, sondern weil ich mir Sorgen um Kristine machte. Als Reaktion auf das nicht mehr nutzbare Pinkelasyl im Café und aus Angst vor der Turnhallentoilette hatte sie sich entschieden, den Harndrang auf natürliche Weise zu umgehen. Seit acht Uhr abends hatte sie nicht mehr getrunken und ich sah immer furchteinflößendere Stadien der Dehydrierung. Schon in Mathe war Kristine seltsam bleich und schluckte immer wieder unmotiviert. Ab Chemie kam ein immer wieder hervorgestoßenes, schabend klingendes Schmatzgeräusch dazu. In Französisch zwang Madame Eiffler sie, ihr anhand einer Karte von Paris den Weg von Notre-Dame zum Eiffelturm zu erklären. Die Routenbeschreibung klang wie von einer geisteskranken Neunzigjährigen vorgetragen. Sämtliche Getränkeangebote meinerseits hatte sie ausgeschlagen, selbst als ich in der Aula panisch wurde.

»Du kippst gleich um! Und wenn du aufschlägst, zerfällst du zu Staub!«, fauchte ich.

»Geht schon«, krächzte Kristine. »Nur noch die Präsi, dann …«

Sie zeigte mit greisenhaft gekrümmtem Finger auf eine Zweiliterflasche stilles Wasser in ihrem Rucksack.

»Spül dir wenigstens mal den Mund aus! Du klingst, als wärst du Hänsel und Gretel doch noch aus dem Backofen geschlüpft!«

Kristine schüttelte den Kopf.

Auf weitere Appelle an den gesunden Menschenverstand musste ich verzichten, denn Herr Wenz trat nach vorne, stöpselte das Mikrofon ein und räusperte sich.

»So, nun ist es so weit«, verkündete er launig den versammelten Klassen 5 bis 7. Die Mittel- und Oberstufe bekamen ihre eigenen Präsentationsstunden. »Ihr habt in den vergangenen Wochen hart gearbeitet, wart ungeheuer kreativ und habt bewiesen, dass ihr nicht nur in Klassen denkt.«

»… und ich hab geglaubt, es geht heute ums Schulfest«, flüsterte ich Kristine zu, die ein röchelndes Lachen von sich gab.

»Neun Projekte habt ihr euch ausgedacht. Neun Projekte, mit denen ihr zeigt, was eure Schule alles draufhat.«

»Losbuden und Fressstände«, kommentierte ich.

»Wir haben neunzig Minuten«, erklärte Herr Wenz, »deshalb stellt jede Gruppe nun in maximal zehn Minuten ihr Projekt vor. Was habt ihr vor, wie führt ihr das Ganze durch, wer übernimmt welche Aufgaben? Und damit auch deutlich wird, dass wir Grenzen gesprengt haben dieses Jahr, werden eure Gruppen auch zu ihrer Vorstellung ausgelost. Keine Gruppe wird bevorzugt, bei uns sind alle Menschen gleich.«

In der seltsamen Welt Ihrer Grünentante sind alle Menschen gleich, korrigierte ich in Gedanken.

Herr Wenz ging zu dem Tisch, der auf der Bühne stand, und zog aus einer Metalldose einen Zettel.

»Wir beginnen mit Gruppe 1 aus der Jahrgangsstufe 6.«

Die Aufgerufenen gingen zum Mikrofon. Ihre Leiter stellten das Projekt vor. Eine Losbude, was gut zur nächsten Gruppe – 2 aus Jahrgangsstufe 5 – passte, die ebenfalls eine Losbude präsentierte.

»Wenn du verdursten willst, mach es jetzt«, riet ich meiner Freundin, »dann bleiben dir noch sieben mal zehn Minuten pure Langeweile erspart.«

Kristine schaute, als würde sie sich das ernsthaft überlegen, doch bevor sie sich entscheiden konnte, wurde ihre Gruppe aufgerufen.

Ich warf einen Blick auf die versammelten Klassenlehrer an der Seite der Aula. In ihrer Mitte saß Direktor Heide, dessen eingefrorenes Lächeln einen Moment zuckte, als er das gefährlichste Subjekt seiner Schule in dem etwas abseits stehenden Mädchen für den Nachmittagsspüldienst erkannte. Dennoch gönnte er auch dem Projekt »Kunst mit Sekt und Häppchen« höflichen Applaus.

Noch sechs Projekte musste ich überstehen.

Meine Gruppe kam direkt nach Kristines dran. Die Arbeitsverteilung war zwar noch gar nicht diskutiert worden, aber Leon kam während seines Vortrags spontan darauf, dass ich den Spüldienst übernehmen würde. Ich ärgerte mich, dass Kristine auf die Wette zu dem Thema nicht eingegangen war. Mit der Präsentation meiner Gruppe war das letzte bisschen Spannung (abgesehen von der Frage, wann Krissi zu Staub zerfiel) aus dieser quälenden Doppelstunde gewichen. Um nicht einzuschlafen, überlegte ich mir – da Kristine mittlerweile für jede Form der Unterhaltung ausfiel – ein kleines Spiel. Ich nannte es »Nerds zählen«, aber es war mehr als nur zählen. Es war eine soziologische Studie. Wo waren sie, die Gruppenärsche? Hatte jede Gruppe einen, gab es Gruppen mit mehreren? Wie sahen sie aus, wie verhielten sie sich, wo standen sie, wenn sie auf die Bühne mussten? Um meinen wissenschaftlichen Anspruch zu befriedigen, kramte ich meinen Block aus dem Rucksack. Ich schrieb die Namen von denjenigen auf, die ich in der Nerd-Fraktion verortete. Zwei Personen gingen mir dabei logischerweise wie von selbst von der Hand. Zusätzlich malte ich jede Gruppe in abstrahierter Form auf, um die Nerd-Positionierung auf der Bühne angemessen zu protokollieren. Premiere, dachte ich, während mein Kugelschreiber konzentriert über das Papier fuhr. Es war das erste Mal, dass ich mir etwas zum Schulfest aufschrieb.

Noch vier Gruppen.

Klare Ergebnisse zeichneten sich ab. Jede Gruppe hatte normalerweise genau einen Klassenarsch, dass gleich zwei in einer Gruppe waren, blieb mit Popelino und Kristine die Ausnahme. Dafür hatte die Gruppe 7.1 kein klassisches Opfer zu bieten. Selten wurden die Außenseiter für den unbedarften Beobachter sofort klar. Eine interessante Ausnahme stellte Sara aus 6.3 dar, die mir merkwürdig bekannt vorkam. Endlich fiel es mir ein: Sie war die kleine Zeugin Jehovas, die mit ihrer Mutter beim Shoppingbummel Tante Andrea und mich von den Freuden ihres Glaubens und der Kalligrafie überzeugen wollte. Ihre Gruppe hatte ihr keine Rolle zugedacht, und als Direktor Heide diesbezüglich nachfragte, antwortete ihr Gruppenleiter, dass Sara bei Schulfesten eh immer krank war, was ein peinliches Schweigen auslöste. Ansonsten musste man schon genau hinhören und -sehen, wollte man die Außenseiter identifizieren. Man erkannte sie an den bekloppten Jobs und daran, dass sie entweder mit deutlichem Abstand zu den anderen standen oder aber sich hinter den anderen Gruppenmitgliedern versteckten. Folgende Liste stand bislang auf meinem Block:

6.1 – Arif
5.2 – Theo
7.3 – Kristine, Popelino
7.2 – ich
6.3 – Sara
7.1 – keiner
5.1 – Ma Baker

Etwas schockiert betrachtete ich meinen Eintrag. Ich hatte tatsächlich Ma Baker geschrieben. Die war gerade auf der Bühne gewesen, ihr Name war im Zusammenhang mit dem ehrenvollen Amt der Flyerverteilerin für den stündlich stattfindenden Eierlauf genannt worden, aber ich hatte weiterhin nicht den blassesten Schimmer, wie das dicke Mädchen in echt hieß.

Noch zwei Gruppen.

Hinter mir klappte die Tür. Vermutlich war ein Glücklicher der letzten Gruppenvorstellung entronnen und verpasste auch die zu erwartenden Abschlussworte von Herrn Wenz, die wahrscheinlich klangen wie ein Motivationsseminar im Beklopptenheim.

Neben mir schnaufte Kristine. War es nicht vielleicht legitim, sie nach draußen zu begleiten, damit sie die letzten Minuten ihres Lebens wenigstens nicht in der Schulaula zubringen musste? Anderseits: Draußen wartete nur das mütterliche Taxi zum Zahnschafott des Dr. Franke.

Außerdem ging es nun ja wirklich nicht mehr lange, das würde ich auch noch schaffen. Die letzte Gruppe kam nach vorne. Sie brauchten nur sieben Minuten. Und was dann folgte, war … DIE ULTIMATIVE KATASTROPHE!

Samstag, 16. April

- Noch 56 Tage bis zum Schulfest -

Ich kann erst heute über das unsagbare Grauen schreiben, das mich gestern ereilt hat. Ich stelle mir vor, dass das nach einem Flugzeugabsturz oder einer Geiselnahme ganz ähnlich ist. Ach was, ich weiß, dass es so ist. Ich habe heute Morgen alles zu posttraumatischen Symptomen gegoogelt. Eine Szene von gestern hat sich tief in mein Hirn gebrannt, so tief, dass sie sich ständig wiederholt. Ich habe sie mittlerweile so oft gesehen, dass ich jedes Detail kenne, obwohl sie eigentlich belanglos ist. Ich, zusammengekrümmt auf meinem Stuhl, gesenkter Kopf, die Hände zu Fäusten geballt. Kristine, im Augenwinkel rechts hinter mir, die ihre Megaflasche stilles Wasser abpumpt wie ein Kälbchen, das zum ersten Mal an Mamas Euter darf. Die anderen Schüler, die in Richtung Pausenhof streben. Fast alle drehen sich vor dem Ausgang noch einmal um und schauen mich mit großen Augen an, als hätte ich gerade den Wenz auf offener Bühne hingerichtet. Und das letzte Detail - das allerschrecklichste Detail: Mama, die neben mir steht und mich anstrahlt, als sei ich ein Alien, das den Erdenbürgern gerade den Friedensgruß gebracht hat.

Ja, richtig gelesen. Mama! Meine eigene Mutter. Statt brav auf dem Schulparkplatz Klassikradio zu hören, während sie auf mich wartete, hatte sie wieder einen ihrer Nostalgieflashs. Und hat sich einfach mal so in die letzten fünf Minuten Projektpräsentation geschlichen. Die fünf Minuten, die mir die Apokalypse einbrachten.

„Wow! Das wird bestimmt spannend!", sagt sie, während sich gleichzeitig mit einem ploppenden Geräusch Krissi von der leer genuckelten Flasche löst.

Ihre Stimme klingt wieder normal. „Das wird 'ne Katastrophe!", stellt sie fest.

Und dann geht die Szene von vorne los. Vielleicht erinnere ich mich in Endlosschleife so genau an das Danach, weil das Währenddessen zu grausam ist. Ich werde es jetzt trotzdem tun und darüber schreiben. Vielleicht kann ich das Trauma dadurch überwinden.

Also gut. Ich muss etwas gestehen. Ich glaube eigentlich nicht an Gott. Ich habe das bislang geheim gehalten, weil die Konfirmation nächstes Jahr ansteht und eine offizielle Entscheidung gegen Gott auch eine offizielle Entscheidung gegen ein- bis zweitausend Euro wäre, was man von keinem Teenager verlangen kann. Aber hier sage ich das jetzt einfach mal. Ich glaube nicht an einen netten alten Zausel, der uns liebevoll den Kopf tätschelt und dafür sorgt, dass wir spätestens im Himmel glücklich werden. Seit gestern ist Gott aber wahrscheinlicher geworden. Dann aber dieser fiese Gott, der die Menschheit ertränkt und ägyptische Kinder ermordet, weil ihr Pharao nicht spurt. Also: Wenn es einen Gott gibt, dann diesen heimtückischen, und der hatte dummerweise seine allwissenden Augen um 13:55 Uhr gerade auf mir ruhen und nichts Besseres zu tun. Je länger ich drüber nachdenke, desto mehr existiert Gott. Ich meine, da saßen drei mal drei Schulklassen im Raum. Wie wahrscheinlich ist es, dass da mal fünf Sekunden - und mehr brauchte es nicht - Ruhe ist? Auch noch am Ende einer Neunzig-Minuten-Veranstaltung?

Okay, wir nähern uns dem traumatischen Moment. Die letzte Gruppe hatte gerade ihr Projekt vorgestellt. Glückskekse mit eingebackenen Tombolalosen - Innovation ist echt ein mühseliges Geschäft. Projektleiter Mirko reichte Herrn Wenz das Mikrofon. Und der wollte uns ernsthaft mit folgenden Worten entlassen: „Danke für eure Projekte. Und danke - vor allem - für den Beweis, dass alle hier an dieser Schule an einem Strang ziehen, dass hier wirklich jeder mit jedem fair und vernünftig arbeiten kann."

Jeder mit jedem.

Fair und vernünftig.

Ehrlich, das hat er gesagt.

Und da musste mir doch einfach etwas rausrutschen. Mir rutscht immer was raus. Nur diesmal - diesmal hatte Gott die Hintergrundmusik abgedreht.

Sorry, ich brauche eine Pause.

Das mit dem Traumaverarbeiten ist echt nicht einfach. Schokolade. Gute Idee. Eine Tafel Schokolade aus dem Kühlschrank, dann bin ich so weit. Ehrlich.

»Was für eine verlogene Scheiße? Das ist O-Ton?« Ich blieb vor der Küchentür stehen, als ich die entsetzte Stimme meines Vaters hörte. Ich lehnte mich an die Wand im Flur und spitzte die Ohren.

»Es ist ihr halt so rausgerutscht, da denkt man nicht drüber nach, ob man das im Fernsehen senden könnte«, sagte meine Mutter und verstummte dann zwangsweise, während der Vollautomat in der Küche ihren Cappuccino zurechtröchelte.

»Das Fernsehen war da?« Panik lag in Papas Stimme.

»Ja, aber nur RTL II und das ZDF.«

Fast hätte ich gelacht, wenn die Lage nicht so ernst gewesen wäre. So viel Sarkasmus hätte ich meiner Mutter gar nicht zugetraut.

»Nein, es war kein Fernsehen da, Ben«, stellte sie jetzt klar. »Aber es hat jeder gehört. Ihr Klassenlehrer wollte es unter den Tisch fallen lassen und hat sich nur für den qualifizierten Kommentar bedankt, aber der Rektor hat nachgefragt, wie Elli das genau gemeint hat. Und dann hat sie ihm das erklärt.«

»Was hat sie ihm erklärt?«

Die Stimme meines Vaters hatte mittlerweile erschreckende Ähnlichkeit mit der von Krissi in der Endphase ihres Durstmarathons.

Max polterte die Treppe hinunter, würdigte mich keines Blickes und stürmte in die Küche.

»Fette Kuh bleibt fette Kuh und wird beim Spülen ausgelacht. Arsch bleibt Arsch und macht die Drecksarbeit!«, rief er.

»Hast du sie noch alle?«, fragte mein Vater.

»Das ist nicht von mir, sondern von deiner Tochter. Das hat sie gestern in der Aula rausposaunt. Die ganze Schule spricht darüber.«

»Das war die Erklärung für den Direktor?«, fragte Papa.

»Grundsätzlich ja«, räumte meine Mutter ein. »Aber es ist doch etwas aus dem Zusammenhang gerissen. Vorher hat sie nämlich noch gesagt: ›Da können Sie noch so viele Projektgruppen zusammenwürfeln, wie Sie wollen.‹ Ich fand das sehr mutig.«

Mein Vater atmete schwer, bevor er wieder Worte fand.

»Berichtige mich, wenn ich es falsch zusammensetze: Was für eine verlogene Scheiße. Da können Sie noch so viele Projektgruppen zusammenwürfeln, wie Sie wollen. Fette Kuh bleibt fette Kuh und wird beim Spülen ausgelacht. Arsch bleibt Arsch und macht die Drecksarbeit.«

»Ja, so ungefähr stimmt das«, bestätigte Mama.

Max kam mit einer Bionade in der Hand aus der Küche und grinste mich hämisch an. »Elli lauscht!«, rief er, während er die Treppe hochging.

Augenrollend ging ich in die Küche, öffnete den Kühlschrank und scannte die enttäuschenden Schokoladenvorräte. Es gab nur noch eine Tafel Traube-Nuss, die man eigentlich erst ab dem Rentenalter lecker fand.

Ich nahm sie natürlich trotzdem.

Meine Mutter lächelte mich an. Papa sah blass und ganz schön böse aus.

»Junge Frau«, sagte er streng, »kann es sein, dass du von der Schule fliegst?«

»Sie fliegt nicht von der Schule«, ging meine Mutter dazwischen. »Sie kriegt auch kein Disziplinarverfahren.«

Ich setzte mich an den Tisch und vergrub mein Gesicht in den Händen.

»Es ist viel, viel schlimmer«, stöhnte ich.

Ich habe mich dann um weniger starke Worte bemüht, aber Direktor Heide hatte da seine Entscheidung schon gefällt, glaube ich. Der Wenz hat natürlich versucht, an seiner Illusion der friedlich zusammenarbeitenden Unterstufe festzuhalten, und gesagt, dass das wahrscheinlich nur die Einschätzung einer einzelnen, unglücklichen Person ist. Im ersten Moment raffte ich gar nicht, dass er mich meinte. Ich war schließlich noch im Raum. Doch der Heide war sich wohl nicht so sicher, ob das jetzt nur meine unglückliche Meinung war.

„Vielleicht sollte - wie war dein Name?", fragte der Direx.

„Elisabeth", krächzte ich.

„Elisabeth", fing der Heide noch mal an, „ich will deinen Einwurf nicht einfach abbügeln. Wenn das wirklich dein Eindruck ist, wenn du wirklich denkst, dass hier nicht alle an der Schule fair behandelt und einige gar mit ihren Aufgaben gezielt bestraft werden, gibt es nur eine Lösung. Ich finde, du solltest deine eigene Projektgruppe gründen."

„Finden Sie?", fragten der Wenz und ich wie aus einem Mund.

„Eine gute Idee", fing sich Herr Wenz wieder, „aber ich befürchte, wir haben keinen Raum für ein zusätzliches Projekt. Alle Klassenzimmer sind belegt."

„Das ehemalige Sprachlabor neben dem Heizungskeller", hörte ich eine bekannte, wenngleich hier unerwartete Stimme. „Das steht seit Ende der Neunziger leer, soweit ich weiß, weil es als Klassenraum nicht taugt."

Ich drehte mich um. Mama war hier. Und sie hatte gerade meine letzte Chance, unbeschadet aus dieser Scheiße rauszukommen, vernichtet.

„Der Raum gehört dir, Elisabeth", sagte Direktor Heide. „Komm bitte nächste Woche bei mir vorbei und stell mir das Projekt vor. Nimm dir aus allen Klassen die Mitglieder, von denen du glaubst, dass sie benachteiligt werden. Ich bin gespannt."

Ich brauche dringend diese Sommergrippe.

Montag, 18. April

- Noch 54 Tage bis zum Schulfest -

In der großen Pause verzogen Krissi und ich uns vor den Blicken der anderen in die Ecke mit den Mülltonnen, wo sich sonst keiner freiwillig aufhielt.

Na ja, fast keiner. Hinter dem Papiercontainer ragte eine obszön lange Baguettestange hervor. An ihrem hinteren Ende hing Ma Baker. Sie nagte so konzentriert daran, als wäre sie ein Hamster kurz vor dem Winterschlaf.

»Ich behaupte beim Heide, dass ich meine Gruppe liebe und unbedingt Gläser spülen möchte«, sagte ich.

»Gute Idee«, bestätigte Kristine und versuchte weiterhin herauszufinden, wie sie an ihrem neuen Billighandy den Klingelton ändern konnte.

»Ich eröffne doch nicht den Klub der Verlierer und mache mich zum Gespött der Schule!«

»Genau«, pflichtete Kristine mir bei. Ein altmodisches »Ring-Ring« ertönte. Kristine runzelte die Stirn und versuchte es von vorne.

»Hallo«, sagte eine schüchterne Stimme.

Ich schaute auf. Vor mir stand Ma Baker. Sie wischte sich ein paar Weißbrotkrümel vom Ärmel.

»Ja?«, fragte ich.

»Ich bin Veronika aus der 5A«, sagte sie. »Ich wollte fragen, wo wir uns am Freitag treffen.«

»Warum treffen wir uns?«

»Weil du doch die Außenseitergruppe machst. Und da bin ich dabei … dachte ich.« Ma Bakers Stimme wurde im Laufe des Satzes immer leiser, sodass ich das Ende kaum noch verstand.

»Stopp, stopp, stopp«, sagte ich. »Das ist nicht sicher. Ich habe noch nicht mit dem Direktor gesprochen. Da muss ich heute Nachmittag erst hin. Ich glaube nicht, dass was daraus wird.«

»Ach so«, flüsterte das Mädchen und ging davon. Sie sah traurig aus.

Ich schüttelte den Kopf und richtete meinen Blick an das andere Ende des Schulhofs. Am Eingangstor stand ein Junge, der mich beobachtete. Es war Arif, der kleine Türke aus der 6C, der nie mit den Jungproleten aus der Unterstufe Fußball spielte. Warum starrte er mich an?

Ich rieb mir die Augen und stöhnte. Als ich wieder aufschaute, sah ich nur Arifs Rücken. Er betrachtete die Welt außerhalb des Schulhofs. Eine Welt, die er erst am Ende des Schultages wieder betreten durfte.

Oh Gott, dachte ich. Ich kriege einen Dachschaden. Ich beginne, Gedanken zu lesen.

Es klingelte zum Ende der großen Pause. Die ersten Grüppchen strebten dem Haupteingang zu. Hinter einer größeren Traube von Sechstklässlerinnen lief, mit gebührendem Sicherheitsabstand, Ma Baker.

»Veronika!«, rief ich.

Die Dicke drehte sich um.

»Ich sag dir morgen Bescheid, wenn ich mit dem Heide gesprochen habe, okay?«

Das Mädchen nickte.

»Häh?«, fragte Kristine und beförderte ihr Handy zurück in die Jackentasche. »Warum willst du Ma Baker noch mal sagen, dass es nix wird?«

»Sie heißt Veronika«, stellte ich fest.

Scheiße. Scheiße. Scheiße.

Bin gerade aus der Schule zurück. Vom Date mit dem Direx, bei dem ich alles wieder geradebiegen wollte.

Ich wollte dem Heide sagen, dass alles nur schlechte Laune war. Dass ich mich vertan hatte. Dass der Wenz recht hatte.

Und was sage ich?

„Ich denke, uns wird schon was einfallen!"

Das muss eine Spätfolge meines Traumas sein. Oder ich bin besessen. Ich habe da diese Wurzel im Wald im Verdacht.

Und jetzt muss ich Krissi anrufen und darum betteln, dass sie mit mir den Klub der Verlierer eröffnet.

Dienstag, 19. April

- Noch 53 Tage bis zum Schulfest -

Wir könnten ein Wellness-Paradies machen!«, sagte Kristine und warf sich auf die Sitzbank hinter dem Busfahrer.

»Neben dem Heizungskeller?«, fragte ich und biss mir auf die Lippen. Ich war ja froh, dass sie so euphorisch war. Gestern, als ich am Telefon von meinem mentalen Totalausfall beim Direktor berichten musste, war sie noch ganz schön muffig gewesen. Aber irgendwie hatte ich ihr die Sache schmackhaft gemacht. Sie sprudelte geradezu über vor Ideen, was die neue Gruppe in Sachen Wellness denn so machen könnte. Das war zwar schön, aber auch ein bisschen unheimlich. Hatte sie vielleicht auch in den Armen einer Dämonenwurzel gelegen?

»Ja, die Location ist nicht so optimal. Aber wir geben uns einfach einen witzigen Namen. ›Vorhof zur Hölle – teuflisch gute Wellness!‹ Das wäre sogar irgendwie gothic!«

»Genau.« Ich lachte. »Und Popelino massiert. DAS ist gothic.«

»Hm … vielleicht ein bisschen zu gothic«, überlegte Kristine. »Muss er unbedingt dabei sein?«

»Kristine, wir sind die Gruppe der Ausgestoßenen! Wir können nicht als erste Amtshandlung mit dem Selektieren unliebsamer Mitglieder anfangen!«

»Na ja, aber der Heide weiß doch gar nicht, wer die Ausgestoßenen sind«, warf Kristine ein.

»Doch«, widersprach ich. »Er wollte gerne wissen, wen ich auf meiner Liste habe.«

»Verdammt!«, regte sich Kristine auf, »hättest du nicht ein paar von den Coolen draufsetzen können?«

Ich stöhnte. Sie hatte wohl gehofft, unsere Projektgruppe wäre ein raffinierter Trick, um die A-Liga der Unterstufe um uns zu scharen.

»Und weiß deine Liste überhaupt schon von ihrem Glück?«

»Bisher nur du. Wir müssen die jetzt bis Ende der Woche ins Boot holen.«

»Dann sind wir jetzt Headhunter, oder?«

Ich nickte. Ich brachte es nicht übers Herz, Kristine zu erklären, dass Headhunter üblicherweise nach den Besten der Besten suchten und unser Unterfangen das komplette Gegenteil war.

Veronika strahlte über das ganze Gesicht, als wir sie fragten, ob sie am Freitag zur ersten Sitzung kommen würde.

»Mensch, die sieht richtig hübsch aus, wenn sie lächelt!«, kommentierte Kristine unseren ersten Neuzugang. »Da vergisst man fast das ganze Fett!«

»Krissi!«, zischte ich, auch wenn ich etwas Ähnliches gedacht hatte.

Der kleine Theo aus der Fünften, den wir vor Beginn der dritten Stunde vor seinem Klassenzimmer abpassten, wirkte nicht ganz so glücklich.

»Bin ich der einzige Junge in der Gruppe?«, fragte er. »Manche machen sich über mich lustig, weil ich fast nur mit Mädchen zu tun habe.«

Ich ging im Kopf unsere Liste durch und schüttelte beruhigend den Kopf. »Nein, wir haben noch andere Jungen. Es sind zwar mehr Mädchen, aber wir haben auch noch …«

»… einen verhaltensgestörten Türken und Popelino!«, rief Krissi, stolz auf ihr Erinnerungsvermögen.

»… Arif und Carsten«, vollendete ich meinen Satz.

»Dann ist ja gut. Bis Freitag«, verabschiedete er sich und verschwand in seiner Klasse.

»Nur mit Mädchen in dem Alter?«, sinnierte Kristine auf dem Weg ins Physiklabor. »Der wird schwul, oder?«

Vor der nächsten Anwerbung musste ich mit ihr dringend noch über das Thema »Political Correctness« sprechen.

In der zweiten Pause erwischten wir Arif, der offensichtlich jede unterrichtsfreie Minute so nahe wie möglich am Hoftor verbrachte. Er akzeptierte die Verkündigung seiner neuen Schulfestgruppe mit einem stummen Nicken.

Auf einer Bank in der Nähe erblickte ich Sara, die unbeeindruckt vom Pausentrubel in einem Block herummalte. Vermutlich schnörkelte sie wieder ein paar Bibelverse in Schönschrift vor sich hin.

Sie war die Vorletzte auf meiner Liste, neben ihr blieb nur noch Popelino übrig. Den, hatte ich entschieden, würde ich am Nachmittag vor dem Reiten aufsuchen. Ich wollte das Risiko, die emotionale Dampfwalze Kristine auf ihn treffen zu lassen, keinesfalls in Kauf nehmen.

»… deshalb gründen wir jetzt unsere eigene Gruppe und treffen uns am Freitag«, vollendete ich meine Ansprache, die mir immer flüssiger von den Lippen ging.

»Das ist nett, dass ich bei euch mitmachen darf. Aber die anderen haben recht«, sagte Sara.

»Womit?«, fragte Kristine.

»Ich werde am Schulfest krank sein. Ich bin jedes Schulfest krank.«

»Ach«, beschwichtigte ich sie, »das ist dieses Jahr bestimmt anders.«

Sara schüttelte mit einem gezwungenen Lächeln den Kopf.

»Nein, das ist so.« Sie zog die Zeitschrift, die in ihrem Block lag, hervor und wedelte damit. Es war die »Erwachet!«. Als meine Mutter das letzte Mal die Zeugen Jehovas an der Haustür abwimmelte, hatten sie so ein Heft dagelassen. Ich hatte es in der Badewanne durchgeblättert und es als die »Bravo« für Superchristen eingestuft, weil es darin eine Rubrik namens »Junge Leute fragen sich« gab. Wobei die jungen Leute, die dieses Blatt lasen, sich offensichtlich ganz andere Dinge fragten als ich. Statt »Kann man vom Petting schwanger werden?« so Sachen wie »Was muss ich tun, um Gott ein Wohlgefallen zu sein?«.

Krissi, die sich diese Frage gewiss auch noch nie gestellt hatte, verstand Saras Zeichen nicht.

»Warum bist du immer an Schulfesten krank?«, fragte sie.

»Weil Gott Schulfeste nicht mag!« Sara senkte den Kopf.

Mir lag zwar ein »Hey, Gott ist mir sympathischer, als ich dachte!« auf den Lippen, doch ich verkniff es mir. Es gab anscheinend Menschen, die es traurig fanden, Schulfeste zu verpassen.

Ich legte Sara eine Hand auf den Arm. »Auch wenn du beim Fest krank sein solltest«, sagte ich, »wir können auf deine Hilfe bei den Vorbereitungen auf keinen Fall verzichten.«

»So isses!«, bestätigte Kristine in einem einzigartigen Anfall von Einfühlungsvermögen.

Mittwoch, 20. April

- Noch 52 Tage bis zum Schulfest -

Liebes Tagebuch,
wenn das mit uns dauerhaft was werden soll, wäre es nett, wenn Du mir nach meinen Eintragungen noch mal eine Erinnerung ins Hirn funkst, wo ich Dich fallen lasse. Ich brauche mehr Zeit, Dich in meinem kreativen Chaos zu finden, als in Dich zu schreiben. Du bist mein engster Vertrauter. Ich empfinde es als persönliche Beleidigung, wenn ausgerechnet Du als Beweis dienst für die Behauptung meiner Mutter, in meinem Zimmer könne kein Mensch irgendwas finden. Außerdem macht das den Morgen unangenehm hektisch. Frühstück kann ich heute knicken, weil ich unbedingt noch meinen Besuch bei Popelino festhalten muss.

Meine Mutter hat mich angeschaut wie ein Ofen, als ich gestern eine halbe Stunde vor der üblichen Aufbruchszeit verkündet habe, dass ich mit dem Rad fahre.

Ich hasse Rad fahren und habe noch nie freiwillig auf Mamas Chauffeurdienste zum Reiten verzichtet. Aber ich musste unbedingt vermeiden, dass sie mitkriegt, dass ich zu Carsten fahre. Geisteskrank und geschmacksfrei, wie Eltern sind, hätte sie vielleicht gedacht, Popelino sei mein erster Freund, und dieser Gedanke darf in gar keinem Falle irgendwo auf der Welt gedacht werden. Das beschädigt mein Karma.

Während ich die fünf Kilometer Richtung Annersbach strampelte, das sowohl Reitpferd wie Popelino ihre Heimat nennen, fiel mir auf, dass ich dem Design meines Rades aufgrund jahrelanger Vernachlässigung keinerlei Beachtung mehr geschenkt hatte.

Jetzt betete ich, dass mir kein bekanntes Gesicht entgegenkam und die fröhliche Dekoration mit „Hello Kitty"- und „Prinzessin Lillifee"-Aufklebern bemerkte.

Um die Scham zu verdrängen, dachte ich darüber nach, warum ich überhaupt den Weg zu Carsten kannte, und musste mir eingestehen, dass wir in der Grundschule befreundet waren. Bis einschließlich der vierten Klasse war ich immer auf seinen Kindergeburtstagen. An etlichen Nachmittagen ersetzte er Kristine als Spielgefährten. In seinem Zimmer erlebten meine Barbies mit seinen Transformers manch merkwürdiges Abenteuer. Ich habe keine Ahnung, warum wir uns seit dem Gymnasium nie wieder gesprochen haben. Gut, er war dann in einer anderen Klasse, aber das erklärt nicht, warum Carsten Geisen über Nacht der seltsame Sonderling wurde, der nur noch für Scherze gut war.

Ich stellte mein Rad am anderen Ende seiner Straße ab und rannte zu seinem Haus, als wären mir sowohl Hannibal Lecter wie auch Jack the Ripper auf den Fersen.

Seine Mutter, die ein bisschen was von diesen pausbäckigen Omas in Bilderbüchern hat, öffnete.

„Elisabeth!", rief Frau Geisen überrascht. „Dich habe ich ja lange nicht mehr gesehen! Wie geht es dir? Bist du gerannt? Ist jemand hinter dir her?"

Offensichtlich sah ich schnaufendes Bündel dermaßen verstörend aus, dass Carstens Mama besorgte Blicke auf die Straße warf.

„Ich … ich müsste mal mit Carsten reden", keuchte ich.

Frau Geisen prüfte noch einmal, ob Gefahr drohte, und bat mich dann lächelnd herein.

„Carsten! Besuch für dich! Die Elisabeth!", rief sie nach oben. „Möchtest du einen Kaba?", fragte sie mich dann. Sie hatte wohl verdrängt, dass seit meinem letzten Besuch Jahre vergangen waren und sie mir mittlerweile eher einen Kaffee hätte anbieten müssen.

Ich schüttelte den Kopf.

Carstens pummelige Gestalt erschien an der Treppe.

„Dann lass ich euch mal alleine", flötete Frau Geisen und verschwand in der Küche.

Carsten sah mich an wie die Entdeckung einer neuen Krankheit unter dem Elektronenmikroskop.

„Das habe ich befürchtet", sagte er seufzend.

Scheiße, der Bus kommt in zehn Minuten und ich bin noch im Schlafanzug. Ich mach nachher weiter.

Nach einem beeindruckenden Sprint hechtete ich – natürlich unter dem Johlen der versammelten Schülerschar – in die offene Tür des Schulbusses. Krissi schaute mich mit großen Augen an.

»Was ist denn?«, fragte ich genervt.

»Irgendwie siehst du anders aus«, erklärte Kristine. »Hast du seit gestern abgenommen?«

Vielleicht sollte ich doch mehr Rad fahren und ab jetzt jeden Morgen zum Schulbus joggen, dachte ich und ließ mich erschöpft neben Kristine fallen.

»Popelino ist an Bord«, sagte ich dann. »Wir sind komplett!«

Jetzt bin ich wieder im Schlafanzug, es ist kurz vor elf und ich kann endlich meinen Bericht über den Popelino-Besuch zu Ende führen.

Nach seinem seltsamen Willkommenssatz starrten wir uns an. Er sagte nichts, und weil ich auf die üblichen Formen der Höflichkeit wartete, hielt ich natürlich auch die Klappe.

Aber es kam nichts.

Nach zwei Minuten fiel mir ein, dass Carsten wahrscheinlich, seit er aufs Gymnasium ging, keinen Besuch mehr gehabt hatte und daher ziemlich wenig Übung.

„Äh ... wollen wir in dein Zimmer gehen?", fragte ich, und er antwortete: „Na gut."

Während ich ihm folgte, dachte ich darüber nach, ob ich Kristines Ausschlussvorschlag nicht zu schnell vom Tisch gewischt hatte.

Beim Betreten seines Zimmers hatte ich das Gefühl, ein Zeitportal zu passieren. Mein Zimmer hat außer den gleichen Wänden und der gleichen Grundfläche nichts mehr mit dem Zimmer aus Grundschulzeiten zu tun. Alle Fillys und Barbies habe ich in den Sommerferien nach der Fünften auf einem Flohmarkt vertickt. Statt Schimmeln und Rappen, die vor Regenbogen und Wasserfällen (manchmal auch beidem) davongaloppieren, hängen Bob Marley, Jim Morrison und Variationen des Peace-Zeichens an den Wänden.

Bei Carsten hatte sich seit meinem letzten Besuch nichts verändert. In den Regalen standen hellblaue Plastikboxen, in denen ordentlich Lego-Technik, Transformers sowie weniger beliebte Action-Figuren sortiert waren. Sein Bücherregal beherbergte weiterhin alle Bände der „Was ist was"-Reihe. Ein verstohlener Blick auf den CD-Ständer, der eine Silhouette von Pluto darstellte, bewies mir, dass Musik nicht sein Thema war. „Die drei Fragezeichen" und „Captain Cordon" standen weiterhin hoch im Kurs.

Er setzte sich auf das ordentlich gemachte Bett. Mich ließ er charmanterweise stehen. Mein Blick wanderte zu seinem Nachttisch. Er ließ sich immer noch von seinem „Donald Duck"-Wecker aus dem Schlaf holen. Mit acht Jahren fanden wir das megakomisch, aber für einen Jungen kurz vor der Geschlechtsreife ist das doch ziemlich beunruhigend.

„Ich muss bei dir mitmachen", stellte er fest.

„Na ja, müssen ist so eine Sache", sagte ich. „Du kannst natürlich auch bei deiner bisherigen Gruppe bleiben."

Dann begann das Grauen. Er dachte nach. Seine linke Hand hob sich, der Zeigefinger streckte sich, fuhr an der Lippe vorbei (gefühlt in spannungssteigernder Zeitlupe) und versenkte sich im linken Nasenloch. Ich muss geguckt haben, als würde ich einer Probestunde Pathologie beiwohnen, was ihm aber nicht auffiel und ihn daher auch nicht störte.

„Nein, kann ich nicht", sinnierte er. Der Nagel des Zeigefingers war schon nicht mehr zu sehen. „Alle wissen, was für eine Art Gruppe du gemeint hast. Und alle wissen, dass ich genau in diese Art Gruppe gehöre."

Mein Gott, wie tief denn noch?, dachte ich.

„Wenn ich in meiner alten Gruppe bleibe, werden alle denken, dass ich selbst für euren Haufen Bekloppter nicht gut genug war. Dann verachten sie mich noch mehr. Das wäre schlecht."

Mir war schon schlecht von der Fingergymnastik zum Zwecke der Höhlenforschung.

„Also bin ich wohl in eurer Gruppe."

Nicht nur beim Denken war er zu einem Ergebnis gelangt. Mit einem schmatzenden Geräusch zog er sich aus seiner Nase zurück. An der Fingerkuppe hing eine gelbliche Kruste mit Schleimfaden. Ohne Umwege beförderte er das Fundstück in den Mund und zog es mit der Professionalität jahrlanger Übung mit den Lippen ab.

Als er auch noch genussvoll kaute, brannten mir alle Ekelsicherungen durch.

„Bäh! Warum machst du das?", rief ich.

„Du machst es doch auch!", konterte er blitzschnell und brachte mich aus der Fassung.

Gut, manchmal, wenn ich nach einer längeren Erkältung ein letztes Mentholbad nahm, dann ... aber ...

„Aber doch nicht auf dem Pausenhof, im Bus oder wenn ich Besuch habe!", verteidigte ich mich endlich.

„Und deswegen sind wir das, was wir sind", sagte Carsten, während er die Hand an seinem gestreiften Pulli abwischte. „Man sieht bei uns das, was man bei sich selbst verheimlicht."

Ich weiß nicht, warum, aber ich hätte am liebsten geheult.

„Freitag, in diesem Schimmelraum neben dem Heizungskeller?", fragte Carsten.

Ich nickte und stürzte aus dem Haus, so schnell ich konnte.

Gott, habe ich viel geschrieben. Meine Hand glüht geradezu. Jetzt kann ich mir ein bisschen besser vorstellen, was Oma meint, wenn sie über ihr Rheuma jammert.

Freitag, 22. April

- Noch 50 Tage bis zum Schulfest -

Natürlich hatte kein Schwein daran gedacht, den Raum für die neue Projektgruppe zu öffnen. So begann die erste Sitzung damit, dass ich zum Hausmeister marschierte.

Herr Fickenback, dessen Name noch nicht mal das Schlimmste an ihm war, residierte in der sogenannten Eremitage. Das war ein kleines Häuschen am Ende der Schulwiese, was so unpraktisch war, dass man sich sehr genau überlegte, ob man wirklich hausmeisterliche Hilfe brauchte. Angesicht von Herr Fickenbacks wenig liebenswertem Wesen mit einer Tendenz zu unvorhersehbaren Wutausbrüchen verzichtete man meistens darauf. Dementsprechend hatte Herr Fickenback nicht besonders viel zu tun. Trotzdem brauchten quietschende Türen, defekte Heizungen und klemmende Schließfächer Monate, bis sie wieder in Ordnung waren. Die Tatsache, dass Herr Fickenback seit Jahrzehnten seinen Job behielt, führten einige darauf zurück, dass er der uneheliche Bruder von Bürgermeister Jochimsen sein sollte.

Als ich nach fünf Minuten endlich an der Hausmeisterhütte

ankam, begrüßte mich ein Schild mit der Aufschrift »Bin unterwegs«. Na toll.

Auf dem Rückweg traf ich am Kaffeeautomaten auf den Wenz. Eigentlich wollte ich hinter seinem Rücken vorbeischleichen – er schaute mich seit meiner Performance in der Aula nur noch vorwurfsvoll an –, aber dann fiel mir ein, dass er ja auch einen Schlüssel zu dem Raum haben musste.

»Ähm … Herr Wenz?«

Er drehte sich um. Vorwurf trübte die Pupillen.

»Elisabeth.«

»Können Sie uns den Raum neben dem Heizungskeller aufschließen? Ficki ist gerade nicht auffindbar.«

»Ich finde es unpassend, unseren Hausmeister so zu nennen.«

»Oh. Entschuldigung.« Die war natürlich nicht ernst gemeint. Ich hatte genug Lehrergespräche belauscht, um zu wissen, dass jeder den Hausmeister Ficki nannte. Außerdem war Fickenback ein beknackter Name, auch wenn man ihn komplett aussprach.

Wenz nahm seinen Cappuccino aus dem Automaten und ging mit einem theatralischen Seufzen voran. Meine Losertruppe vor dem Raum würdigte er keines Blickes. Er schloss auf, die Gruppenmitglieder huschten ins Zimmer.

»Elisabeth«, sagte Herr Wenz, als ich meinen Kollegen folgen wollte.

Ich blieb stehen. »Ja?«

»Auch wenn Direktor Heide glaubt, dass eure Eigenmächtigkeit zu einer Bereicherung des Schulfestes führen wird – du weißt, dass euch die Türen zu euren bisherigen Gruppen weiterhin offen stehen.«

Da ich meinen ersten Gedanken – »Arschloch« – nicht aussprechen konnte, klopfte ich nach kurzem Überlegen an den Türrahmen.

»Danke. Uns reicht, dass diese Tür offen steht.«

Ich ging hinein und hoffte beim Anblick meiner Truppe, nicht gelogen zu haben.

Hey, Tagebuch,

langsam lässt Du meine Sitten verrohen. Ich schwänze gerade Reiten, angeblich weil ich Bauchweh habe, aber eigentlich nur, weil ich in aller Ruhe von der ersten Gruppensitzung berichten will. Es ist nämlich etwas passiert, was an ein Wunder grenzt.

Als ich diesen Haufen Versager vor mir sitzen sah - sie starrten mich an wie Lämmer auf der Schlachtbank -, war mein erster Gedanke: Okay, ich bestreue mich jetzt mit Asche, gehe hoch zu Leon und Co. und trage meinen Namen beim Spüldienst wieder ein. Ich muss genauso ratlos ausgesehen haben, wie ich mich fühlte, denn unerwartet sprang Kristine auf und rief: „Hallo miteinander! Ich bin Kristine, das ist Lizzy, die uns alle hier in die Scheiße geritten hat, und jetzt müssen wir ein Projekt finden, das wir so umsetzen können, dass es keiner merkt!"

Es waren nicht gerade die Worte, die ich gewählt hätte, aber alle lachten, und die Schockstarre war überwunden.

„Hat sich denn schon jemand was überlegt?", fragte ich in die Runde.

„Wellness-Paradies neben dem Heizungskeller!", rief Kristine.

Ich ging an die Tafel und schrieb es auf. Es prasselte nicht gerade ein Feuerwerk von Vorschlägen auf mich nieder. Streng genommen herrschte absolute Stille.

„Ein paar Alternativen wären gut, damit wir auswählen können", sagte ich. „Jetzt denkt euch mal weg, wer wir sind und was wir sind und dass wir nie irgendwas zu sagen haben. Löscht eure bisherige Schulkarriere, und sagt einfach, was ihr schon immer mal machen wolltet."

Es blieb stumm. Das einzige Geräusch war das Knistern von Veronikas Chipstüte. Meine revolutionäre Energie war schon ziemlich aufgebraucht.

„Playstation spielen."

Eine Stimme so leise, dass man sie auch für den Geist des verlorenen Sprachlabors hätte halten können.

„Entschuldigung."

Nun konnte ich den Einwurf zuordnen. Er kam von Sara.

„Du brauchst dich nicht zu entschuldigen", sagte ich schnell und kritzelte „Playstation" an die Tafel. „Wie ließe sich daraus ein Projekt machen?", fragte ich die Tafel.

„Spielsalon", kam es von hinten, und ich erkannte Popelinos Stimme. „Wir stellen alles auf, was wir an Konsolen und so haben, und man kann irgendwas gewinnen. Ich bin ziemlich gut an der Playstation, die gewinnen also nie."

Ich nickte und schrieb „Spielsalon" hinter den letzten Eintrag.

„Okay, weitere Wünsche!"

Ich drehte mich zurück zur Gruppe.

„Ein Theaterstück?" Theo. „Ich war mal der Löwe im ‚Zauberer von Oz' im Kindergarten. Das war schön", erklärte er.

„Oh Gott, dann sitzt die gesamte Unterstufe hier und lacht uns aus!", kam es von Kristine, aber ich schrieb den Vorschlag auf, zumal ich gemerkt hatte, dass Arifs Augen leuchteten und er bei Theos Satz genickt hatte.

Da nun so etwas Ähnliches wie eine Diskussion im Gange war, wurde ich mutiger und fragte direkt nach. „Veronika? Was wäre für dich interessant? Womit verbindest du Schule und Schulfest?"

„Angst", kam wie aus der Pistole geschossen. Alle guckten verstört, weil wir die Antwort komplett nachvollziehen konnten, aber nicht erwartet hatten.

„Hey! Geisterbahn! Das ist doch was! Gerade in dem blöden Horrorloch hier!"

Manchmal überraschte mich Kristine einfach. Meistens ist ihre Leitung so lang, dass sie hinterm Horizont verschwindet, und dann kommt so was.

„Carsten? Liegt dir noch was auf dem Herzen?"

Ich kam richtig in Schwung als Gruppenvorsitzende.

„Na ja, das sind alles hübsche Ideen. Aber ehrlich gesagt: Es gibt eine Geisterbahn - das machen die aus der Mittelstufe. Es gibt einen Spielsalon - Mittelstufe. Und wenn wir tatsächlich Geld verdienen wollen - dann gibt's nur eins, was Geld bringt: Essen."

Man merkte förmlich, wie Carsten mit seinem Beitrag sämtliche Kreativität in den Köpfen der Gruppenmitglieder ausgeschaltet hatte. Mit Entsetzen merkte ich, dass sich ein schafherdiges Nicken breitmachte.

„Mein Vater hat einen Imbiss", sagte Arif. „Wir haben noch einen alten Kaffeeautomaten, den können wir bestimmt ausleihen."

„Meine Mama backt einen Kuchen. Oder zwei", sagte Veronika.

„Äh … haben wir jetzt Vorschläge gesammelt, um bei Kaffee und Kuchen zu landen?", fragte ich verzweifelt in die Runde.

Eigentlich wollte ich Widerspruch hervorrufen, aber Krissi sah sich um und meinte: „Sieht ganz so aus."

„Och, Leute, es muss doch noch was anderes geben! Meinetwegen mit Essen, aber …"

Mir fiel nichts ein.

Dann kam ausnahmsweise Gott im richtigen Moment vorbei. Erst ertönte ein merkwürdiges elektronisches Knistern. Dann zerplatzte die Glühbirne. Da durch die Kellerfenster kaum Licht dringt, war es ziemlich düster. Und in dieser Finsternis ertönte Krissis Stimme, die sagte: „Hey, wie wäre es denn mit …"

Samstag, 23. April

- Noch 49 Tage bis zum Schulfest -

»Ein Dunkelrestaurant?«

Mein Vater verzog das Gesicht. Das lag aber wohl eher an den noch nicht ganz reifen Orangen, aus denen sein frisch gepresster Saft stammte.

Meine Mutter versuchte, nach der Abschaffung des täglichen Frühstücks wenigstens zum Einläuten des Wochenendes so etwas wie morgendlichen Familiensinn zu schaffen. So wurde der mit dem üblichen grummeligen Gesichtsausdruck in die Küche einmarschierende Clan nicht nur von frisch gepresstem O-Saft, sondern auch noch von Rührei, selbst gebackenen Schokobrötchen und kleinen Bratwürstchen begrüßt. Für mich wurde das beeindruckende Frühstücksangebot leider noch mit einer Extraportion Bruderhass garniert.

»So ein Dunkelrestaurant ist eine Superidee«, bemerkte Max, der gerade ein Würstchen aufspießte, »dann muss man euch Vollspacken wenigstens nicht sehen. Obwohl es bestimmt lustig ist, wenn ihr ständig gegen Tische und Wände rennt.«

Mein Vater warf ihm einen Blick zu, in dem ich so etwas wie

echte Abscheu las, aber das Zurückfeuern überließ er mir – wie üblich.

Den Gefallen tat ich ihm aber nicht. Um ehrlich zu sein, ich konnte gar nicht. Sonst ließen mich Max Angriffe kalt, aber nach der echten Euphorie unserer Gruppe gestern hatte er genau das richtige Knöpfchen gedrückt. Ich war heute irgendwie dünnhäutig. Trotzdem würde ich den Teufel tun und hier in Tränen ausbrechen.

»Ich finde das Dunkelrestaurant wirklich eine tolle Idee«, sagte meine Mutter. »Das ist mal was anderes als Losbude Nummer 317.«

»Aber ihr werdet ja dann auch nichts sehen«, überlegte mein Vater. »Ich meine, eigentlich arbeiten in solchen Dunkelrestaurants Blinde, soweit ich weiß. Wie macht ihr das dann?«

»Sie stechen sich gegenseitig die Augen aus«, antwortete Max für mich. »Bei Elli bin ich auch gerne persönlich behilflich.« Max winkte mir mit seiner Gabel.

Für einen Moment herrschte am Tisch Schweigen. Dann griff mein Vater nach der Rühreipfanne und hob sie an. »Schatz, nimmst du dir noch was von dem Ei? Ich muss das Ding unserem Erstgeborenen einfach mal um die Ohren brettern.«

»Gern, Ben.« Mama häufte noch etwas Rührei auf ihren Teller. »Für den Schulsprecher der Zukunft hat er ja nicht gerade viel Qualifiziertes im Angebot.«

Der offene Mund meines Bruders war ein erfreulicher Anblick.

»Was soll das denn jetzt heißen?«, japste er.

»Das soll heißen, dass wir uns mit unserer Tochter unterhalten möchten«, sagte Mama.

»Wir geben Bescheid, wenn wir deine Meinung brauchen. Ansonsten hältst du jetzt einfach mal den Rand«, ergänzte mein Vater. Dann wandte er sich an mich. »Also, wie wolltet ihr das jetzt genau anstellen?«

Liebes Tagebuch,
ich habe gerade das merkwürdigste Frühstück meines Lebens hinter mir. Nicht nur, dass meine Mutter total aufgefahren hat - ich meine, ich liebe meine Honey Balls, aber so mit Ei und Würstchen ist das schon eine andere Liga. Aber auch neben dem Essen war heute alles anders. Normalerweise läuft es ja so: Papa liest, Max nervt und Mutter versucht, gut Wetter zu machen. Aber heute - heute haben die beiden Max einen richtigen Einlauf verpasst. Ich dachte ja immer, er sei ihr Liebling (Tolle Noten! Bald Schulsprecher! Dieser bescheuerte Kinder-Politik-Verein! Zweitplatzierter bei „Jugend musiziert"!) und ich im Vergleich die totale Enttäuschung (Zeugnisdurchschnitt aktuell 3,0! Garantiert niemals Schulsprecherin! Platz 7 von 8 beim letzten Reitturnier, und das auch nur, weil Platz 8 mehr wog, als das Pferd, das sie ritt!). Dafür sind meine Eltern aber ganz schön hart mit ihrem Schatz umgegangen. Ich war so beeindruckt, dass ich ihnen dann ein richtiges Referat über unser Projekt gehalten habe. Dass wir neben dem Geschmackssinn auch den Tast- und Riechsinn fordern wollen. Ich habe ihnen sogar den Namen verraten: The N-Experience, und sie verstanden sofort, dass es „The Night Experience" heißen soll. Als Max dann unbedingt seine Deutung „The

Nerd Experience" einwerfen musste, guckte Mama wie Jack the Ripper beim Anblick einer Londoner Straßenhure und sagte: „Du machst jetzt bitte die ‚Nach oben gehen und nicht mehr reden'-Experience", und das war das Beste, was meine Mutter in ihrem ganzen Leben je von sich gegeben hat.

Es ist natürlich aufgrund dieses einen bemerkenswerten Frühstücks nur eine Vermutung - aber vielleicht ist meine Mutter doch nicht nur die langweilige Trulla, für die ich sie halte. Und mein Vater doch kein gefühlskalter Roboter, der nur in Ruhe sein Programm abspult. Ich werde beobachten und auf diesen Seiten berichten.

Freitag, 29. April

- Noch 43 Tage bis zum Schulfest -

Huhu,
gestern ist einiges passiert, was ich Dir noch vor unserem heutigen Projektgruppentag erzählen muss. Du weißt, wie knapp ich meinen Morgen kalkuliere, da ist es wirklich nicht sonderlich hilfreich, dass Du dich erst nach fünfundzwanzig Minuten finden lässt. Das muss anders werden.

Wo war ich? Ach ja, gestern. Wir sitzen in der dritten Stunde (Gemeinschaftskunde, mein Lieblingsfach, falls es so etwas gibt) und plötzlich bricht die Hölle los. Es rattert und scheppert, und Kristine, die sonst nichts aus ihrer dritten Runde Snake gerissen hätte (mehr hat ihr neues Billighandy nicht an Spielen zu bieten), guckt verstört aus der Wäsche. Aber nicht halb so verstört wie Frau Eidamer, die gerade über so ein abgefahrenes Psychoexperiment aus den Siebzigern mit Stromschlägen berichtet, um ihre These zu untermauern, dass in jedem von uns ein Mörder steckt.

Da das Wummern nicht aufhört, steht sie auf und geht raus. Als sie zurückkommt, sagt sie: „Ich habe eine gute und eine schlechte

Nachricht. Die gute: Die Mädchentoilette wird noch vor den Sommerferien renoviert. Die schlechte: Dieser Lärm ist dafür die nächsten zwei Wochen unser ständiger Begleiter."

Vierundzwanzig Köpfe drehen sich gleichzeitig zu Kristine um und durchbohren sie mit ihren Blicken. Sie wird rot wie eine Tomate.

Erwähnenswert, die zweite: Nach der Stunde steht der Wenz vor der Tür und labert mit Leon. Das ist nicht der springende Punkt, denn der Wenz liebt es, sich von Leon vollschleimen zu lassen, und Leon hat es gerne warm um den Kopf, was Arschkriechen zum lohnenden Hobby macht. Ich will so schnell wie möglich in Richtung Kunstsäle huschen, ohne auf Leons Schleimspur auszurutschen, da ruft der Wenz mir hinterher: „Elisabeth! Zu dir wollte ich!"

Gottohgott, dachte ich, jetzt kriege ich noch vor dem Klassensprecher eine Lektion zum Thema „Zerstörung des Wirgefühls unserer Superschule". Stattdessen versteinerte Wenzens Miene und unter großen Schmerzen zog er einen Umschlag aus der Tasche.

Ich schaute rein. Hundert Euro in Zwanzigern. Mein Gesichtsausdruck dürfte von intelligent weit entfernt gewesen sein.

Endlich erbarmte sich mein Klassenlehrer und rang sich zu einer Erklärung durch. „Direktor Heide hat mich angewiesen, eurer Projektgruppe das gleiche Budget wie allen Projektgruppen zu geben."

Bis dato war mir gar nicht klar, dass Projektgruppen ein Budget haben, aber irgendwie ist es ja logisch.

„Ich finde es zwar nicht richtig, dass eure Eigenmächtigkeit zulasten aller geht, aber ..."

Gar göttlich unterbrach die Schulglocke den anrollenden Vortrag. Ich habe mich selten so auf Kunst gefreut.

Kristine fand die hundert Euro auch ganz toll. Als ich ihr aber die Herausgabe von zehn Euro für Zigaretten verweigerte, war es mit ihrer Begeisterung auch schon wieder vorbei.

Na ja, das war es auch schon. Bin gespannt, wie wir das Geld auf den Kopf hauen. Unser „Freiraum" heute wird da bestimmt ein paar Ideen liefern.

»Er ist schon wieder nicht offen«, nörgelte mir Carsten zur Begrüßung entgegen.

Ich war anscheinend mal wieder die Letzte, die zum fröhlichen Gruppentreff erschienen war.

»Wurst«, sagte ich. »Wir müssen Geld ausgeben.« Eine brillante Idee, die mir gerade zehn Sekunden zuvor gekommen war.

»Shopping!« Kristine klatschte begeistert die Hände zusammen.

»Das Schulgelände verlassen?«, fragte Sara, als hätte ich zum kollektiven Selbstmord aufgerufen.

»Ja, klar«, sagte ich. »Den Kram, den wir brauchen, gibt's nun mal nicht am Kaffeeautomaten. Also, packt euer Zeug zusammen, der Bus kommt gleich.«

Eine Viertelstunde später schoben sich die automatischen Türen des vor einigen Monaten am Ortseingang von Geroldingen neu eröffneten Baumarktes vor unserer Combo auf. Wir betraten eine monströse Welt der Heimarbeit, die mir bislang fremd gewesen war. Kristine offensichtlich auch. Sie betrachtete die endlos langen, meterhohen Regalwände hinter dem Kassenbereich voller Baumaterialen und Handwerkerzubehör.

»Oh, so viel Kram, den man kaufen kann«, sagte sie desillusioniert, »und nichts davon will ich haben.«

»Das ist ja wie am Flughafen«, kommentierte Theo die gigantischen Dimensionen des Ladens und hatte damit recht.

Sara hatte sich endlich getraut, den Blick zu heben, und dieser war gefesselt von der Sonderausstellung »Bäderwelten« gleich hinter den Kassen. Wie eine Schlafwandlerin schritt sie zu auf den für mich völlig uninteressanten Kosmos der Wannen, Waschbecken und Spiegelschränke.

»Sieht von draußen echt kleiner aus«, kommentierte Carsten lapidar und organisierte einen der Einkaufswagen von der Größe eines Kleinbusses. »Dann mal her mit der Einkaufsliste. Ich bin um drei zu einer Onlineschlacht verabredet. Orks gegen Trolle, und die verdammten Trolle führen gerade sechs zu fünf.« Er schaute mich erwartungsvoll an.

Kristine entdeckte spontan ebenfalls ihr Interesse an Bäderwelten und ließ mich netterweise stehen.

»Einkaufsliste?«, fragte ich arglos.

»Du willst mir jetzt nicht sagen, dass du keine Einkaufsliste hast?«, fragte Popelino unnötigerweise nach.

»Ich dachte, wir … wir lassen uns einfach inspirieren und nehmen mit, was wir brauchen«, erklärte ich.

»Hallo? Das ist kein Shoppingbummel. Wir haben einen Raum und für den brauchen wir exakt kalkuliertes Material. Wie sollen wir passende Trennwände zimmern, wenn wir nicht mal wissen, wie hoch der Raum ist? Welche Fläche er hat?«

Unangenehm fühlte ich die Röte in meinem Gesicht aufsteigen.

Theo erlöste mich.

»Zehn mal sechs Meter. Ist bei fast jedem Klassenraum im Stifter so. Und Deckenhöhe 3,90.«

Carstens Augen verengten sich. »Woher willst du das denn wissen?«

»Das steht in der Werbebroschüre von unserem Gymnasium. Die haben meine Eltern von allen Schulen angefordert, bevor sie sich entschieden haben. Und mein Papa ist Architekt, dem ist so was wichtig. Kinder brauchen Raum zum Denken, hat er damals gesagt.«

Carsten zerrte den Wagen zum Abholbereich und setzte sich auf eine Bank. Er nahm seinen Rucksack ab, holte einen nagelneuen Laptop raus und klappte ihn auf. Sofort zeigte sich die Benutzeroberfläche, was mir bewies, dass entgegen der Behauptung meines Vaters die zehn Minuten, die mein Schrottrechner zum Hochfahren brauchte, keineswegs normal waren. Carsten öffnete Excel, ein Programm, das ich nur vom Verklicken kannte, wenn ich eigentlich an Word wollte.

»Okay, zehn mal sechs, 3,90 Höhe. Aber die brauchen wir nicht. Ich denke, zwei Meter sollten reichen«, referierte Carsten vor sich hin, während er tippte. »Aber welches Material?«, fragte er seinen Bildschirm, und ich verschwieg die ihm sicher schon wohlbekannte Tatsache, dass ich mir auch darüber keinerlei Gedanken gemacht hatten.

»Ich glaube, Pressspanplatten sind gut«, klinkte sich nun Arif ein. »Die sind stabil, wiegen nicht so viel und man kann zum Beispiel auch Tische draus machen. Daraus haben meine Eltern mit mir einen Stand gezimmert zur Eröffnung vom Laden.«

»Kann man sie streichen?«, hakte Carsten nach und wurde durch ein »Klar« von Arif befriedigt.

»Klingt gut«, sagte ich. Irgendwas wollte ich halt auch sagen.

»Geh spielen, Mädel«, sagte Carsten und machte eine fortwischende Handbewegung. »Wir holen dich, wenn's ans Einkaufen geht. Bei der Planung bist du draußen.«

So viel also zu meinem gottgleichen Status als Projektverantwortliche. »Mensch, Machosprüche stehen dir fast so gut wie dein Grundschulpulli!«, sagte ich, aber Carsten ignorierte mich bereits. Für den eigentlich angebrachten Vortrag, wie bescheuert diese »Wir Männer machen das schon«-Show war, fehlten mir leider aufmerksame Zuhörer. Stattdessen wanderte ich unentschlossen umher.

Sara kniete mittlerweile vor einer Badewanne, in die bequem ein Nilpferd gepasst hätte. Sie blickte kurz nach links und rechts und drückte dann einen verchromten Knopf am Wannenrand. Das in einem sehr künstlichen Blau gefärbte Wasser begann, sanft und dann immer heftiger zu blubbern. Sara schaute, als wäre soeben der Heiland dem Whirlpool entstiegen. Kristine war derweil sehr intensiv mit den Duschvorhängen beschäftigt und legte einen nach dem anderen prüfend über ihre Beine. Die sehr schlechte Idee eines Rocks aus einem mit Muscheln und Anker bedruckten Plastikfetzen in Schweinchenrosa schien beunruhigend konkrete Formen anzunehmen.

An einem Stehtisch neben dem Backshop im Eingangsbereich entdeckte ich Veronika. Ich ging zu ihr. Sie starrte die unterschiedlich glasierten Donuts hinter der Glasfläche an, als hätte sich darin ein Hypnotiseur vergraben.

»Alles klar bei dir?«, fragte ich. »Hast du Hunger?«

Veronika schaute mich verdattert an. »Nein. Eben NICHT«, sagte sie dann völlig entgeistert. »Sonst kann ich an solchen

Dingern nicht vorbeigehen, ohne sofort einen haben zu wollen. Aber jetzt – gar nicht.«

»Schmecken ja eigentlich eh wie in Zucker frittierte Holzwolle«, sagte ich.

»Neinneinnein, kein Kaffeeklatsch!«, erklang Carstens befehlende Stimme hinter uns. »Ab jetzt wird gearbeitet!«

Augenrollend folgten wir Feldwebel Popelino und seinen Schergen, die nun Kristine und Sara einsammelten. Nur schwer konnte sich Sara von ihrem Whirlpool losreißen.

»Da sind Blasen im Wasser!«, erklärte sie Theo.

Der nickte. »Wir haben auch so ein Ding zu Hause. Ich mach es aber nie an, weil das so am Po kitzelt«, erklärte er.

Sara bekam einen Lachanfall, der sich auch hinter ihrer eilig vorgeschobenen Hand nicht verstecken ließ.

Keine halbe Stunde später – Carsten hatte uns mit dem Verweis auf seine extrem wichtige Trollschlacht durch den Markt gehetzt wie Sportlehrer Emmerich kurz vor den Bundesjugendspielen über die Sandbahn – war der Wagen vollgepackt.

Wir näherten uns den Kassen und stellten uns an der kürzesten Reihe an, deren Tempo sich natürlich sofort verlangsamte.

»Jetzt kannst du dich endlich nützlich machen«, erklärte Popelino. »Werden dreiundsiebzig Euro fünfzig, wenn ich richtig gerechnet habe.«

Ein Eisklotz bildete sich in meinem Magen, als ich mich vor meinem geistigen Auge in vorbildlicher Umsichtigkeit das Projektbudget in meinem Tagebuch verstecken sah.

»Kann mir zufällig jemand was leihen?«, fragte ich.

»Kann mir bitte jemand einen Vorschlaghammer holen?«, fragte Carsten.

Guten Abend, Tagebuch,
heute habe ich wieder etwas zu menschlichen Eigenschaften gelernt. Nämlich dass Spontaneität und Vorsicht schlecht kombinierbar sind. Natürlich ist es sehr vernünftig, hundert Euro Projektbudget nicht einfach so tagein, tagaus spazieren zu tragen. Wenn man aber spontan einen Großeinkauf im Baumarkt anordnet, wird einem diese Vernunft nicht allzu hoch angerechnet. Zumindest von Carsten nicht. Während wir gezwungenermaßen unsere Einkäufe wieder rückgängig machten, schaute er mich an, als hätte ich gerade seinen Goldhamster verspeist. Dass er sich beim Abladen der Pressspanplatten die Finger gequetscht hat, ließ ihn den kleinen Fauxpas meinerseits auch nicht gerade humorvoller sehen. Und soeben habe ich eine SMS bekommen, in der hinter einem „7:5! Für die Trolle!" achtzehn Ausrufezeichen stehen. So ein kleiner Rückstand sollte doch gerade in einem Chauvi wie ihm mehr Sportsgeist wecken.

Die anderen fanden es aber gar nicht so schlimm, dass wir halt noch mal zum Baumarkt müssen. Arif hätte eh gerne noch die Zooabteilung gesehen, Kristine überlegt, mit Duschvorhängen ihr Zimmer aufzuteilen, und Sara hat sich gar mit einem begeisterten „Nächsten Freitag blubbert's wieder!!" verabschiedet. Ein Satz, der ja eigentlich eher zu einer Fünfjährigen passt, aber ich fand's trotzdem niedlich.

Tja, aber mit nächstem Freitag wird's wohl nichts. Ich habe nämlich vorhin eine Mail von savetheworld78@cleanweb.de (Sind die Zeiten peinlicher E-Mail-Adressen nicht vorbei? Und was ist eigentlich cleanweb?) erhalten. Ich schreibe mal ab, ist eh unhöflich kurz.

Liebe Elisabeth,

ich habe Dich und Deine Gruppe während der Projektstunden nicht in Eurem Raum angetroffen. Ich finde es schade, dass ich Euch darauf hinweisen muss: Projektzeit ist Schulzeit, und die ist im zugewiesenen Projektraum zu verbringen.

Dein Klassenlehrer
Viktor Wenz

Hat der Mann keine anderen Hobbys, als seine Hass-Schüler zu stalken? Mein Stolz verbietet mir aber eine Verteidigungsrede per E-Mail, die durchaus angebracht wäre. Ich wage zu bezweifeln, dass die anderen Gruppen ihre Projektzeit tatsächlich so intensiv in ihr Projekt investieren. Aber gut, wenn el Wenzo das so will, dann machen wir halt Überstunden. Wenn ich über die Stundenpläne meiner Mitstreiter richtig informiert bin, haben die alle Mittwochnachmittag frei. Und ich werde sogar Carstens hasserfüllten Blick ertragen, wenn er deshalb das 8:5 gegen die Trolle hinnehmen muss.

Samstag, 30. April

- Noch 42 Tage bis zum Schulfest -

Hi, Tagebuch,
was für ein geiles Wochenende. Obwohl, Korrektur, morgen ist Omas Geburtstag. Da kriegen meine Eltern wieder ordentlich Stress mit der wenig besuchswilligen Enkelgarde.

Aber am heutigen Samstag ist definitiv nichts auszusetzen. Max ist mit seiner „Wir tun so, als hätten wir Ahnung von Politik"-Clique unterwegs zu einem „Sleep-in" zum Thema soziale Verantwortung, was auch immer das sein mag. Mama und Papa sind schon um acht zur Hochzeit einer gewissen Birgit in den Harz gefahren und kommen erst morgen wieder nach Hause.

Die heiratswillige Birgit gehört zu der „Natürlich kennst du die"-Fraktion. Ich habe keinen Schimmer, wer das ist, und auch Fotos haben null Aha-Effekt ausgelöst. Wir mussten übrigens nicht mit, weil wir angeblich schon bei Birgits letzten beiden Hochzeiten waren. Bei der ersten war ich vier Monate, bei der zweiten vier Jahre alt, also immerhin werden bei der ominösen Birgit die Durchhaltestrecken länger.

Auf gut Deutsch: sturmfreie Bude.

Und was macht man an einem Samstag, wenn alle Bewacher und Petzen ausgeflogen sind?

Nun, die normale Teenagerin würde die coolen Jungs und Mädels aus ihrer Jahrgangsstufe (und ein paar, die ein bis fünf Jahre älter sind) einladen, um Brandlöcher in die Sofagarnitur und Gerüchte in die Welt zu setzen, extreme Erfahrungen mit Alkohol machen und ihren ersten Joint drehen. Doch wenn eine solche Einladung von mir käme, würden alle einen Spieleabend mit der Oma vorziehen. Also habe ich den Klub der Verlierer zu mir gebeten. Nachmittags um vier, weil Sara spätestens um sieben zu Hause sein muss. Früher ging auch nicht, weil Sara da wiederum mit ihrem Vater in die Küchen fremder Leute latscht (falls man so weit vordringt), um mit denen über ihren Glauben zu reden.

Wir werden probekochen! Leider wird der Einkauf im Baumarkt unser Budget ziemlich strapazieren, deshalb werden wir unsere Vorräte zum Testen nutzen. Glücklicherweise hat Mama immer große Angst, dass ich verhungere, wenn ich alleine zu Hause bin.

Okay, es klingelt. Ich bin gespannt. Und kann es kaum erwarten, Dir nachher zu berichten, was wir in Sachen Dreisterneküche für Blinde so draufhaben.

Nachtrag, 20:10 Uhr: Mann, bin ich erledigt. Drei Sterne sind leider noch Lichtjahre entfernt. Das war … ach nee, ich lasse das mit Tagebuch jetzt. Bin zu deprimiert und brauche erst mal eine Ladung Trash-TV und eine Nacht dazwischen, bevor ich beschreibe, was man unschuldigen Lebensmitteln alles antun kann.

Schritte!

Dieses Wort pochte in meinem Kopf, als ich mitten in der Nacht hochschreckte. Ich drehte mich zu meinem Digitalwecker, der in alarmierendem Rot 23:57 Uhr verkündete.

Ich überlegte, ob ich geträumt haben könnte, weil dieses Wort so übermächtig hinter meiner Stirn klopfte. Doch wie immer konnte ich mich an nichts erinnern. Ich hielt Träume, da ich noch nie einen hatte, sowieso für eine Erfindung. Noch nie hatte ein finsterer Verfolger oder ein Flugzeugabsturz oder eine übergroße Eieruhr, aus der plötzlich Blut sprudelte – alles Beispiele aus Krissis reichem Traumleben –, meinen Schlaf gestört. Mein Tag endete mit dem Schließen der Augen und begann mit dem Schrillen des Weckers. Dazwischen gab es nichts.

Vielleicht muss ich aufs Klo?, fragte ich mich, irritiert von diesem völlig untypischen Erwachen zu einer noch untypischeren Zeit. Ich spürte in mich hinein. Nein, das war es nicht.

Dann ertönte ein Wispern, dazu noch das Knarren von Parkett von unten, und da wusste ich mit einem Mal, weshalb ich an Schritte dachte und außer der Reihe erwachte.

Da war jemand in unserem Haus.

Und von meiner Familie konnte es niemand sein.

Jetzt musste ich doch aufs Klo. Und schreien wollte ich auch. Aber nichts davon ging. Ich lag wie in einer verfrühten Totenstarre unter der Decke. Erst der Gedanke, dass es bald keine verfrühte Totenstarre mehr sein könnte, gab mir die Energie, mich zu bewegen.

Waffe, dachte ich. Ich brauche eine Waffe. Oder mein Handy.

In ungewöhnlichem Detailreichtum sah ich mein Handy neben der Fernbedienung im Wohnzimmer liegen. Dort hatte ich am Abend die übliche »Alles in Ordnung«-SMS an meine Mutter geschickt, um mich danach noch drei Stunden durch das nächtliche Fernsehprogramm zu zappen.

Die Stimmen wurden lauter. Man dachte wohl, man sei alleine.

Ich habe keine Waffen, dachte ich. Ich bin ein dreizehnjähriger Teenager – ein dreizehnjähriger weiblicher Teenager – und das Gefährlichste in meinem Zimmer ist der Pickelabdeckstift in meinem Rucksack (wegen der vielen Chemikalien).

Also Flucht.

Ich schlüpfte in meine Jeans, die direkt neben meinem Bett lag. Die Schuhe fand ich nicht. Aber Schuhe waren eh nur laut.

Ich pirschte zur Tür, drückte in Zeitlupe die Klinke herunter und zog unendlich bedächtig die Tür auf. Dann schob ich mich in den Gang. Vor der Treppe ging ich in die Knie und lugte um die Ecke.

Die Einbrecher hatten Licht gemacht. Komplett unprofessionell, dachte ich und hoffte, dass diese Dilettanten gar nicht merken würden, wenn ich in Kürze die Treppe hinunterspurtete, über den Zaun der Klausners hechtete und mir dann die Seele aus dem glücklicherweise noch unversehrten Leib schrie.

Ich lauschte. Man flüsterte immer noch, eindeutig aus der Küche. Was wollten die denn dort klauen? Den unverwüstlichen Mixer, der ein Hochzeitsgeschenk war? Backbleche?

Könnt ihr nicht einen Raum weiterziehen? Da ist der Festplattenrekorder, der neue Fernseher – na ja, es gab ihn nun auch schon drei Jahre –, aber egal, ein Wohnzimmer ist doch wohl interessanter als die gottverdammte Küche!

Die Empörung tat gut, weil sie die Angst vertrieb. Jetzt! Jetzt war der richtige Moment. Ich bog um die Ecke, nahm die erste Stufe, und noch während mein Fuß aufgrund eines unvorhergesehenen Hindernisses seitlich abrutschte und ich das Gleichgewicht verlor, fiel mir wieder ein, wo ich die Schuhe gestern Abend gelassen hatte.

Mein Schrei mischte sich mit einem weiteren erschreckten Schrei aus der Küche, der wiederum von einem verblüfften »Woah!« untermalt wurde. Als ich mich aufrichtete, waren die Eindringlinge schon da. Sie sahen verdächtig nach meinen Eltern aus.

»Elli? Was machst du denn hier mitten in der Nacht?«, fragte Mama.

Papa überzeugte sich, dass es seiner Tochter gut ging, bevor er in den vorwurfsvollen Modus schaltete.

»Und was du mit der Küche gemacht hast, würde mich auch interessieren!«

»Warum seid ihr überhaupt schon da?«

Das Gespräch wollte keinen richtigen Verlauf nehmen. Alle stellten Fragen, keiner antwortete. Meine Mutter machte daher den einzig sinnvollen Vorschlag.

»Ich glaube, wir gehen jetzt alle ins Bett und reden morgen.«

In stillschweigender Einigkeit trotteten wir unserer Wege.

Sonntag, 1. Mai

- Noch 41 Tage bis zum Schulfest -

Hello, Tagebuch,
Neuigkeiten von der ominösen Birgit. Sie ist dank ihrem neuen Mann jetzt Scientologin. Das ist an meinen Eltern aber komplett vorbeigegangen, weil sie anscheinend doch nicht sooo viel Kontakt mit der lieben Birgit hatten. Mama hat sich erst nur gewundert, dass im Vergleich zu Birgits letzter Hochzeit so wenige Gäste da waren und sie die meisten nicht kannten. Mein Vater roch schon früher Lunte und löcherte meine Mutter während der Hochzeitszeremonie in einem völlig sterilen Saal des ihm unbekannten Vereines „Recht auf Freiheit e.V." mit Fragen. „Warum sind wir nicht in einer Kirche?", „Wollen die hier Ringe tauschen oder eine Organtransplantation durchführen?", „Warum ist von Birgits Familie nur ihre Mutter da? Und die weint doch nicht gerührt, die sieht aus, als würde ihre Tochter gerade von einem Terroristen entführt ..."

Beim anschließenden Sektempfang (ich hätte gedacht, Scientologen dürfen nicht trinken, wieder was gelernt ...) hat Papa dann die Flyer des Vereins durchgescannt, die da rumlagen, und meiner Mutter eröffnet, auf was für einer Hochzeit sie sich gerade befanden. Das hat sie in Ultrapanik versetzt, dass sie demnächst 'ne ordentliche Gehirnwäsche verpasst bekommt und in Kürze Tom Cruise anbetet, obwohl der seit Jahren nur noch Scheißfilme macht. Da Mama ziemlich gut im Reinsteigern ist, hat sie kurz nach neun Papa am Klo abgefangen und die sofortige Heimreise angeordnet. Der fand das schade, weil er mit reichlich Spaß Birgits Bräutigam zu einem gewissen Xenu ausgequetscht hat. Das ist ein mythologischer Science-Fiction-Held der Sekte, über den man nicht reden darf, was aber angesichts der Länge des Wikipedia-Artikels wohl trotzdem geschieht.

Tja, und so kam es, dass die beiden mir dann um kurz nach zwölf einen aufregenden „Aktenzeichen XY"-Moment bescherten. Inklusive einer Jason-Statham-artigen Actioneinlage, die bei mir wahrscheinlich nicht ganz so heldenhaft ausgesehen hat. Außerdem haben sie die Überreste unseres missglückten Probekochens gesehen, die ich eigentlich heute in aller Ruhe beseitigen wollte.

Die Küche sah auch wirklich erschreckend aus. Das lag hauptsächlich daran, dass unsere Polentavariation im Topf sich aufführte wie die Lava des Vesuvs kurz vor der Pompeji-Geschichte und die platzenden Blubberblasen einen nicht unerheblichen Anteil der Grundmasse hinter dem Herd und auf der Arbeitsplatte verteilten. Geschmacklich kam mein Vater zum gleichen Ergebnis wie wir am Vortag („Bäh!"), was laut meiner Mutter daran liegen könnte, dass man Maisgrieß nicht einfach durch normales Mehl ersetzen kann. So viel zu Kristines Küchenlatein („Wir nehmen Mehl. Mehl geht immer."). Immerhin fand Mama die Farbe unserer Polentaschnitten sehr schön und lobte unseren Einfall mit dem Blaubeersaft, wies dann aber darauf hin, dass eine originelle Farbe in einem Dunkelrestaurant nicht so der Burner ist. Der Gazpacho fiel geschmacklich auch durch. Merke: Eine Tube Tomatenmark und ein Glas Gewürzgurken sind nicht das Gleiche wie drei große Fleischtomaten und eine Salatgurke. Sie schmeckt übrigens auch kalt nicht besser. Dass wir grundsätzlich kalte Küche anbieten wollen, fand Mama aber „pfiffig"!

Der Nachtisch war das einzig Gelungene, aber das war aus Zeitnot auch die Familienpackung Dany Sahne, deren Fehlen die Laune meines Vaters heute noch etwas mehr verdüstert hat.

Um es kurz zu fassen: Das samstägliche Probekochen aus den Vorräten war ein echter Fehlschlag. Ich habe keine Ahnung, wie wir mit den zwanzig Euro, die wir noch an Budget haben, was Anständiges auf den Tisch zaubern wollen. Ich bin kurz davor, an meine Ersparnisse zu gehen. Die betragen aber eh nur sechs Euro, weil ich ja die Hälfte von meinem Taschengeld an Leon abdrücke. Dem habe ich letzten Sommer seine PS Vita beim Klassenausflug zerstört und zweihundert Euro Schweigegeld und Schadensersatz brauchen bei dreißig Euro Taschengeld halt einige Monate. Aber immerhin: Dank meiner Sonderzahlungen zu Weihnachten und Geburtstag sind es nur noch zwei Monate, dann kann ich auf der nächsten Klassenfahrt wieder was kaputt machen.

»Warum muss es jedes Jahr Drama geben? Ihr wisst doch, dass Oma nun mal heute Geburtstag hat!«, sagte Papa. Die alljährlich wiederkehrenden Erster-Mai-Unruhen unserer Familie kamen gerade in Fahrt.

»Es ist nicht meine Mutter. Ich muss da nicht hin!«, konterte Max.

»Logikfehler!«, rief Mama aus dem Bad. »Beim Geburtstag *deiner* Mutter warst du auf diesem Technoumzug in Minden!«

»Es liegt ja nicht an Oma«, sagte ich seufzend, »es liegt an Cousin Stefan und Tante Tilly und Onkel Alki und dem ganzen unappetitlichen Rest.«

»Einmal im Jahr werdet ihr sie doch wohl verkraften«, beschwor mein Vater uns, »und Oma freut sich, euch mal wieder zu sehen.«

»Dafür gibt es Fotos«, erklärte Max. »Ich bin verabredet, ich bin nicht dabei.« Damit rannte er in den Flur, riss seine Jacke von der Garderobe und schon fiel die Haustür zu.

Mama kam aus dem Bad und zog ihren schwarzen Blazer zurecht.

»Hätten wir das mit der gewaltfreien Erziehung nicht doch anders handhaben sollen?«, fragte Papa mit resigniertem Blick zur Haustür.

»Elli, kannst du dir einen Ruck geben?« Mama drehte sich zu mir um. »Wenn du alleine mitkommst, gibt das bestimmt einen Bonus.«

»Meine Tochter soll ihre Oma besuchen, weil es ihre Oma ist!«, fauchte Papa. »Nicht weil sie dafür bezahlt wird!«

Ich musste lachen. »Papa, mach dir da mal keine Sorgen. Alles, was ich von deiner Mutter kriege, wenn ich sie besuche, ist eine Schachtel Mon Chéri. Übrigens seit ich fünf bin.«

Ich stand auf und ging zur Treppe.

»Wo willst du hin?«, fragte Papa.

»Mich umziehen. Krissi ist heute eh mit ihrer Mutter unterwegs, aber dafür habe ich nächstes Jahr frei.« Da ich mir nach dem Frühstück ein Stündchen Waldzeit bei einer erfreulich schweigsamen Wurzel gegönnt hatte, war ich in ungewohnt friedfertiger Stimmung.

Papa stöhnte. Dann fiel ihm ein Detail aus dem vorangegangenen Wortwechsel auf.

»Wer ist eigentlich Onkel Alki?«

Meine Mutter schüttelte den Kopf. »Du hast nur einen Bruder, Ben. Und es gibt nur einen, der seit Jahren keine Schachtel Mon Chéri zum Abschied bekommt.«

'n Abend, Tagebuch,

ich habe den heutigen Oma-Geburtstag überlebt, und Papa hat etwas über seine Familie herausgefunden, also hat sich das Ganze doch gelohnt. Aber er ist ganz bedrückt, dass er als Einziger nicht kapiert hat, dass sein Bruder Jürgen standardmäßig zu tief ins Glas schaut. Sind ihm denn die geplatzten Äderchen an der Nase nie aufgefallen? Hielt er die Fahne, ohne die ich meinen Onkel gar nicht kenne, für Aftershave? Was hat er gedacht, warum Onkel Alki vorletzte Weihnachten stundenlang über die richtige Technik zum Entfernen von Preisschildern auf DVD-Hüllen referiert hat? Hielt er das Gelalle für einen angeborenen Sprachfehler? Und sollte man nicht wenigstens als älterer Bruder wissen, was angeboren ist und was nicht? (Jetzt habe ich gerade an Max gedacht. Ich nehme alles zurück. Wenn ich morgen mit nur einem Arm und einem Bein die Treppe runterkäme, wäre es ein Wunder, wenn ihm das auffallen würde.) Insgesamt war es aber nicht so schlimm wie befürchtet. Oma hat mit dreiundsiebzig endlich erkannt, dass sie nicht backen kann (wenn ich an unsere Polenta von Samstag denke, befürchte ich ein unglückliches Erbe …), und hat den Kuchen beim Bäcker gekauft, der echt was draufhat. Tante Tilly macht gerade eine Therapie, und auch ihr Psychoheini scheint was draufzuhaben, sie war nämlich geradezu fröhlich. Okay, vielleicht verschreibt er ihr auch einfach die korrekten Tabletten. Und was das Beste ist: Ich muss meine Einschätzung von Omas Großzügigkeit überdenken. Auf der Rückfahrt warf mir meine Mutter meine Packung Mon Chéri nach hinten (was keine Überraschung war) und in der Folie steckte ein Fünfziger (was die Überraschung war). Das heißt: Ich kann morgen Leon komplett ausbezahlen, verfüge wieder über ein Taschengeld, das diesen Namen verdient, und wir können das Gekoche mit echten Zutaten wiederholen. Ich habe ja selten Tage, an denen ich Gott oder dem Universum oder dem Zufall Danke sagen möchte, aber heute schon. Also: Danke.

Mittwoch, 4. Mai

- Noch 38 Tage bis zum Schulfest -

So, das hätten wir!«, rief Kristine fröhlich.

Ein paar Sekunden herrschte Schweigen in der erstaunlich aufgeheizten Garage, in die wir gerade die diesmal erfolgreich bezahlten Pressspanplatten, Bretter, Blumenerde und prall gefüllte Tüten aus dem Baumarkt geschleppt hatten.

Der Mai hatte vorab schon einmal einen geradezu hochsommerlichen Tag spendiert. Beinahe wären wir schon vor dem Ausgang des Baumarktes wieder gescheitert. Die ersten zwei Busfahrer verweigerten uns nämlich die Aufnahme unserer gewaltigen Ladung, aber Nummer drei hatte dann ein Herz für Verrückte und nahm uns mit. Dass wir uns diese Demütigung im öffentlichen Nahverkehr hätten sparen können, fiel mir erst auf, als meine Mutter unsere Karawane aus dem Küchenfenster mit dem Blick eines Kapitäns betrachtete, der sein erstes Geisterschiff sichtet. Sie hatte ihren freien Mittwoch und hätte uns deshalb prima fahren können.

»Was haben wir jetzt eigentlich genau?«, fragte Theo schüchtern.

»Na, die ganze Scheiße vom Baumarkt in Lizzys Garage geschleppt!«, erklärte Kristine.

Ich warf ihr einen genervten Blick zu. Nach dem Geistesblitz mit dem Dunkelrestaurant arbeiteten Krissis Gehirnzellen wieder im nicht allzu wachen Normalbetrieb.

»Ich glaube, dahin ging die Frage nicht«, erklärte ich und wandte mich Theo zu. »Wir haben jetzt eine Grundlage. Wir haben das Material, mit dem wir unser Dunkelrestaurant gestalten können.«

»Aber wozu die Blumenerde?«, fragte Arif und schaute sich die zwei Zehnkilosäcke an, mit denen er sich von der Bushaltestelle bis zu uns abgemüht hatte.

»Weil die ein Sonderangebot waren«, erklärte Kristine.

»Weil wir doch auch den Tastsinn ansprechen wollen und man damit vielleicht was in der Richtung machen kann«, schob ich die sinnvollere Erklärung hinterher.

Popelino betrachtete verträumt die Bretter, die an der Wand lehnten. »Eigentlich könnten wir uns auch einfach mit denen neben die Tür stellen und sie jedem, der es verdient und den Fehler macht reinzukommen, über den Kopf ziehen.«

Sara schaute ihn schockiert an. Hinter ihrer Stirn berechnete sie wahrscheinlich, wie viele Tage Fegefeuer es einbrachte, Zeit mit Leuten wie uns zu verbringen.

»Ich glaub, dann brauchen wir ein paar Bretter mehr«, stellte Veronika fest.

Interessant, dachte ich. Da quälen sie sich jeden Tag in die Schule, lassen sich demütigen und sagen keinen Pieps, aber eigentlich würden sie viel lieber das Tier in sich rauslassen. Ich konnte das nur zu gut nachvollziehen. Im Sommer ging ich an keinem brennnesselüberwucherten Straßengraben vorbei, ohne dass Leon oder Alexa oder – wenn der Graben groß genug war – neunzig Prozent der Leute, die ich kannte, vor meinem geistigen Auge nur mit einer Unterhose bekleidet darin lagen.

Ein Klopfen unterbrach meine Gedanken zum Wesen des Menschen.

»Elli, ich habe die Hände voll. Kannst du mal aufmachen?«

Na klar, die Neugier einer Mutter konnte keine zwanzig Minuten aushalten, bevor sie unter irgendeinem Vorwand die Gruppensitzung störte. Widerwillig öffnete ich die Tür. Mama schob sich mit einem Tablett mit mehreren Gläsern und einem großen Krug herein und stellte es auf die Papiertonne.

»Ich dachte, ich bringe euch einen Drink«, sagte sie und betrachtete die stehende oder auf dem Boden sitzende Schar. »Elli, ihr könnt doch eine Bierbank und einen von den Tischen aus dem Keller holen. Dann habt ihr eine Zentrale, in der ihr vernünftig arbeiten könnt.«

»Und wenn Papa das Auto hier reinstellen will?«, fragte ich, genervt von der elterlichen Kommandoübernahme.

»Hast du hier jemals ein Auto drin gesehen?«, entgegnete sie.

Tatsächlich war das seit unserem Einzug kein einziges Mal geschehen. Sowohl Mama wie auch Papa parkten lieber im Hof, um sich das mühselige Öffnen und Schließen des Garagentors wie auch das Hineinmanövrieren zu sparen.

Mein Blick fiel auf Theo, der fast sabbernd in Richtung Papiertonne starrte. Er hatte ja auch tierisch was geschleppt.

»Hi, Freaks!« Mein Bruder sprang in die Garage und wandte sich Mama zu. »Weißt du, wo mein Orangensaft ist? Wir planen gerade den Wahlkampf bei mir und haben nix zu trinken.«

»Sorry, den habe ich für den Sangrita für Ellis Gruppe gebraucht.«

»Oh Mann, das kann ja wohl nicht wahr sein. Und was mach ich jetzt mit meinen Gästen?«

»Wir besitzen einen funktionierenden Wasserhahn – sogar mehrere. Und wenn du was anderes brauchst – auf deinen Roller passt ein Kasten. Aber nimm auch einen leeren mit.«

»Ach toll, nur weil Elli hier ihr Gruselding durchzieht, darf ich jetzt die ganze Familie versorgen, oder was?«

Mama schob Max langsam, aber bestimmt aus der Garage.

»Das wird bestimmt interessant, mal kennenzulernen, was dein Vater und ich seit siebzehn Jahren machen, ohne deswegen einen Antrag bei Amnesty einzureichen. Viel Spaß euch!«

Sie winkte uns zum Abschied und die Garagentür fiel zu.

»Na, dann nehmen wir doch mal ein Schlückchen«, sagte ich.

Kristine schenkte bereits die Gläser voll.

»Ich darf keinen Alkohol«, sagte Sara.

Ich schaute sie verstört an, bis ich kapierte, was das gottesfürchtige Kind meinte.

»Sangrita, nicht Sangria. Das ist nur Orangensaft mit …«

Kristine hatte sich bereits ein Glas heruntergekippt und hustete.

»Das schmeckt ja abartig!«, schrie sie.

»Tomatensaft?«, fragte Arif, der vorsichtig genippt hatte.

»Mit Tabasco. Und Gewürzen«, bestätigte Carsten. »Mexikanisches Nationalgetränk.«

Ich überlegte, ob Popelino, wenn andere mich bei Facebook dissten oder sich Songs auf ihr iPhone luden, Wikipedia las. Zum Spaß, nicht für ein Referat.

»Das schmeckt … seltsam«, kommentierte Veronika ihren ersten Schluck.

»Wäre das nicht eine Idee?«, fragte Theo in die Runde. Dann, als müsste er sich entschuldigen: »Ich dachte, das würde passen.«

Vielleicht war es die Luft in der Garage oder das Geschleppe oder das Zuviel an sozialem Input in den letzten Minuten, aber ich verstand nur Bahnhof.

»Häh?«, kam es in Stereo, denn Krissi erging es ähnlich.

Sara war uns voraus.

»Als Getränk in unserem Dunkelrestaurant«, erklärte sie. »Ein Geschmack, den man nicht sofort kennt. Ich finde es übrigens lecker.«

Freitag, 6. Mai

- Noch 36 Tage bis zum Schulfest -

Die Projektstunde war im zugewiesenen Projektraum zu verbringen. Das hatte Herr Wenz bei meinem Anblick mal wieder betont, als er mich im Gang vor unserem Kellerloch herumlungern sah. Die Projektraum-Quarantäne galt allerdings, entgegen der Angaben von Wenz, nicht für jeden. Ich wusste, dass meine Exgruppe um Leon und Co. die »notwendigen nächsten Schritte« vergangenen Freitag im Eiscafé besprochen hatte.

Verdammt, ich wollte doch einfach nur unter vernünftigen Bedingungen das Kochexperiment wiederholen, und das würden wir nicht heute in der Schule, sondern am morgigen Samstag bei Theo machen. Seine Mutter war gelernte Köchin und hatte gestern noch bei uns angerufen, um die nächste Session bei sich einzutüten. Ein bisschen Profi-Input war bestimmt nicht verkehrt, auch wenn ich elterlichen Einmischungen gegenüber skeptisch war.

Allerdings musste ich ja zugeben, dass meine eigene Mutter derzeit in Sachen Schulfestprojekt echt Punkte sammelte. Sie wusste manchmal schon fast unheimlich genau, was ich brauchte. Anscheinend war – nach einigen Jahren Betriebsferien – ihr Mutterinstinkt zurückgekehrt. Dass ich dann manchmal sogar ein »Danke« grunzte, war für sie offensichtlich so ungewohnt, dass sie fast beschämt aus der Wäsche guckte.

Veronika kam herein und strahlte mich an. Ihr folgten, ebenso gut gelaunt, Sara, Arif und Theo. Sara und Theo unterhielten sich angeregt über Musicals. Ob das bei den Zeugen überhaupt erlaubt war? Okay, »Jesus Christ Superstar« vielleicht, aber »Jekyll und Hyde«, das Sara besonders gut gefiel, war doch garantiert verbotenes Teufelszeug. Aber irgendwie fand ich es schön, dass Sara ein dunkles Geheimnis hatte. Das hatte sie schwer nötig.

Veronika und Arif steckten die Köpfe zusammen und kicherten über irgendetwas. Die beiden sahen regelrecht gelöst aus – was ein absolutes Novum war.

Pünktlich mit dem Klingeln betrat Carsten den Raum. Seine Laune war nicht ganz so prächtig.

»Das ist doch Zeitverschwendung«, begrüßte er die versammelte Mannschaft. »Was sollen wir denn heute hier machen?«

»Ich habe nicht die leiseste Ahnung«, gab ich zu. »Aber der Wenz findet, wir müssen hier sein.«

»Wieso eigentlich?«, fragte Veronika. »Von meiner alten Gruppe waren sie letzten Freitag unterwegs. Die haben Sachspenden als Preise für den Eierlauf gesammelt.«

»Tja«, sagte ich, »da gelten wohl andere Regeln beim Herrn Wenz.«

»Nazi«, flüsterte es irgendwo im Raum. Ich betrachtete stirnrunzelnd den Urheber. Es war Sara, die verstohlen lächelte.

»Also sind wir jetzt eine Stunde hier und machen nichts?«, fragte Popelino.

»Ich befürchte, ja«, antwortete ich.

»Rettung naht!«, erschallte es von der Klassenzimmertür. In ihr stand Kristine. Sie trug eine Packung Pappteller und Plastikbecher und unter ihrem Arm klemmte ein Tablett.

Liebes Tagebuch,

sollten wir eines Tages erblinden, müssen wir alle sterben. Damit unsere Projektstunde nicht völlig sinnlos verfloss, hatte Krissi eine Idee. Ja, auch wenn die Kombination von „Idee" und „Krissi" ungewohnt klingt, ich spreche von meiner ältesten Freundin Kristine Gärtner. Sie hatte bei ihrem täglichen Besuch bei der Drogerie in der Kaiserstraße, die aufgrund der betagten Zielgruppe über eine Kundentoilette verfügt und damit einen ungewöhnlich jungen Fan gewonnen hat, Material für Übungszwecke besorgt.

Aber fangen wir von vorne an, nämlich bei besagter Idee. Die kam ihr, als sie mal wieder ein Halstuch kaufte. Dazu muss man wissen, dass Kristine seit knapp einem Jahr einen Halstuchtick hat. Sie glaubt, in nicht allzu ferner Zukunft muss sie viel Mühe in die Vertuschung von Knutschflecken stecken, und deshalb will sie sich frühzeitig das Tragen von Halstüchern angewöhnen, damit ihre Mutter nicht Lunte riecht, wenn es so weit ist. Ich habe ihr schon gesagt, dass wir vor einem Knutschfleckenproblem ein Altersfleckenproblem haben werden und sie ihre Prophylaxe frühestens 2040 angehen muss, aber auf mich hört ja keiner. Dummerweise findet sie, dass sich Stoff auf Hals immer anfühlt, als werde man gerade erwürgt. Also befreit sie sich spätestens nach einer halben Stunde von dem Tuch und lässt es irgendwo liegen. Ich vermute, die Fundämter der Region haben derzeit mit einer wahren Halstuchschwemme zu kämpfen.

Aufgrund Kristines Verschleiß ist jede Woche ein neues Knutschfleckenhalstuch fällig. Das aktuelle ist schwarz, was sie wiederum – und damit hätte ich den Bogen zu ihrer bahnbrechenden Idee geschlagen – auf den Gedanken gebracht hat, dass man sich den Stofffetzen auch prima über die Augen binden könnte, um unser Dunkelrestaurant theoretisch nachzubilden. Denn nicht nur die Gäste werden nichts sehen, uns wird das ja genauso betreffen, da hatte Papa neulich tatsächlich mal recht. Und im Gegensatz zu den Besuchern müssen wir arbeiten.

Also nutzten wir die heutige Projektstunde zu einem ersten Probelauf. Zuallererst bauten wir drei „Restauranttische" auf und deckten sie mit Pappgeschirr, das die umsichtige Krissi gleich mitbesorgt hatte. Trennwände hatten wir noch keine, die müssen wir ja noch aus dem Material in unserer Garage zimmern. Schließlich banden wir uns einer nach dem anderen das Neunundneunzig-Cent-Halstuch vor die Augen, wackelten damit durch unseren Parcours und versuchten, an den richtigen Stellen unsere Ladung loszuwerden. Die restliche Truppe spielte die Rolle der „Gäste" (die dann hoffentlich auch kommen werden).

Am besten schlug sich noch Sara. Sie schaffte es wenigstens, zwei Teller auf einen Tisch zu stellen (und zwar auf ein und denselben), von einem anderen Tisch drei Becher einzusammeln und unverletzt zum Endpunkt zu gelangen. Dafür brauchte sie allerdings fünfundzwanzig Minuten. Da das im Ernstfall natürlich nicht geht und wir auch nur noch eine Viertelstunde übrig hatten, führten wir für die nächsten Versuche ein Zeitlimit von drei Minuten ein. Veronika schaffte es in dieser Zeit nicht mal zum ersten Tisch. Arif stellte seinen Teller ab, weil er sich aber ungeschickt drehte, kam er sofort zum gleichen Tisch zurück und räumte direkt wieder ab, was den kulinarischen Genuss doch recht kurz halten würde. Kristine stellte sich mit dem Rücken an die Wand und kroch daran entlang, was am Anfang zu einem deutlich Zeitgewinn führte, aber kaum fehlte der sichere Halt, torkelte sie wie volltrunken durchs Zimmer und stellte ihre Ladung neben den Tisch. Popelino ('tschuldigung: CARSTEN) schaffte es, in drei Minuten gegen alle vier Wände zu knallen, was zugegebenermaßen echt lustig aussah, aber nicht Zweck der Übung war. Auch Theo kam nicht ohne Blessuren davon: Er stolperte über Veronika, die wir in der Zwischenzeit - aus Erfahrung klug geworden - als Trennwand aufgestellt hatten, und riss sie mit zu Boden. Beide schlugen volle Kanne mit der Stirn auf. Dank ihrer Beulen sahen sie auf dem Weg zur Bushalte aus wie Zwillinge.

Glücklicherweise klingelte es rechtzeitig, bevor ich mich in diese Parade der Schande einreihen musste. Ich bin trotzdem froh, dass wir das gemacht haben. Jetzt wissen wir wenigstens, dass wir echt noch ganz schön üben müssen, und können unsere Projektraumhaft sinnvoll nutzen.

Ich hoffe nur, dass unser Kochtermin morgen nicht auch eine Blamage wird, sonst wird unser Dunkelrestaurant genau das, was alle erwarten und mein charmanter Bruder auch gewohnt offen ausspricht: eine Freakshow mit ganz großem Peinlichkeitspotenzial.

Samstag, 7. Mai

- Noch 35 Tage bis zum Schulfest -

Frau Gärtner hatte darauf bestanden, uns zu Theo nach Fleckenbach zu fahren. Kristines Erzeuger, von dem ich noch nicht mal ein Foto kannte, hatte sich dank der freundlichen Unterstützung eines Anwaltes an seine Unterhaltspflichten erinnert, und so konnte ihre Mama endlich ihren altersschwachen Skoda wieder so weit auf Vordermann bringen, dass sie als Chauffeurin zu Diensten stand. Vorher hatte sie sich knapp ein Jahr lang geweigert, jemanden außer sich selbst mit dem Teil in Lebensgefahr zu bringen.

»Der schnurrt doch wie ein Kätzchen«, behauptete Frau Gärtner, während ich mich mit leichter Atemnot dezent am Innengriff der Autotür festklammerte und dachte, dass ich einem solchen Kätzchen keine allzu große Lebenserwartung mehr einräumen würde. Doch wir kamen in einem Stück in Fleckenbach an, vereinbarten den Abholtermin und standen vor Theos Haus. Man merkte echt, dass sein Vater Architekt war. Das Gebäude sah mit seinen runden Formen, den vielen Glasfronten und dem interessanten Schrägdach eher aus wie das Pionierzentrum einer Marskolonie als das klassische Einfamilienhaus in ländlichen Gebieten.

»Irgendwie ist das peinlich«, sagte Veronika, die gerade zu uns stieß.

»Das Haus?«, fragte ich. »Ich finde das abgefahren.«

»Nee, das Haus ist super. Es ist peinlich, dass ich überhaupt nicht wusste, dass Theo auch in Fleckenbach wohnt. Dabei wohnen wir beide eigentlich schon immer hier.«

»Häh?«, fragte Kristine. »Ihr müsst euch doch spätestens im Schulbus über den Weg gelaufen sein.«

»Ich fahre nie im Schulbus. Meine Mama bringt mich immer. Und holt mich auch ab.«

Arif kam um die Ecke geradelt und stellte sein Fahrrad ab.

»Hallo«, sagte er. Er musste knapp zehn Kilometer hinter sich gebracht haben und war kein bisschen aus der Puste. »Sara hat vorhin bei uns im Laden angerufen. Sie ist krank und kann nicht kommen.«

»Kochen ist wahrscheinlich auch Sünde«, kommentierte ich. »Dann lasst uns mal reingehen.«

»Wollen wir nicht noch auf Carsten warten?«, fragte Veronika.

Ich schaute auf die Uhr. »Es ist zehn nach«, sagte ich. »Glaubst du wirklich, ein Carsten Geisen kommt zehn Minuten zu spät? Der sitzt wahrscheinlich schon eine halbe Stunde dadrin und verängstigt Theos Mutter.«

»Stimmt auch wieder«, sagte Veronika.

»Hallo«, begrüßte uns Theo, nachdem wir geklingelt hatten.

Seine kleine Schwester, die vielleicht fünf war, versteckte sich hinter seinen Beinen. Kristine, die sich immer für einen Kindertyp hielt, obwohl Beweise dafür nicht existierten, winkte ihr mit einem Grinsen zu, das eher nach Botox als nach Freundlichkeit aussah. Das Mädchen rannte »Mama!« schreiend ins Haus.

»Entschuldigung«, sagte Theo. »Svea stellt sich bei Fremden immer ein bisschen an. Kommt rein.«

Er führte uns in eine pompöse Designerküche, die aussah, als hätte James Bond seine Liebe zum Kochen entdeckt. An einem edlen Glastisch saß Popelino und schob sich extrem lecker aussehende Cracker mit Frischkäse und Lachs in den Mund. Obwohl solche Häppchen, die ich nur aus Kochbüchern und Frauenzeitschriften kannte, die Wartezeit sicher versüßt hatten, schaute er böse drein.

»Ihr wisst schon, was eine Uhr ist und wozu man sie benutzt?«, sagte er.

»Du weißt schon, was ein Hallo ist und warum man es benutzt?«, stellte ich die Gegenfrage.

»Schön, dass das geklappt hat!«, beendete eine Stimme hinter uns das Gekabbel.

Frau Weidner überraschte mich. Angesichts des Hauses und der Küche hatte ich eine stark geschminkte Luxustante erwartet, mit einem Hang zu großer Strenge, weil Theo ja immer so eingeschüchtert wirkte. Hier stand nun eine Frau, die aussah wie eine der Heldinnen meiner Pferdebücher, die erwachsen geworden war. Mit lässigem Karohemd, locker gebundenem Zopf und einem breiten Lachen, vor dem keiner Angst haben musste. Sie setzte ihre Tochter ab, die sich vor Kristines Killergrinsen auf Mamas Arm geflüchtet hatte, und begrüßte uns mit einem Handschlag.

»Ich habe viel zu lange nicht mehr gekocht. Aber stärkt euch erst mal. Wir haben einiges vor.« Sie nahm das Tablett mit den Crackern, und wir bedienten uns – Veronika gleich dreifach.

Während wir vor uns hin kauten, räumte Theos Mutter Schüsseln auf die Anrichte.

»Ich schlage vor, wir fangen mit den Polentaschnitten an. Superidee übrigens. Einfach, schnell und, wenn man für den richtigen Pfiff sorgt, ein sicherer Hit«, sagte Frau Weidner. »Wie bei allen Rezepten, die einfach sind, ist die Qualität der Zutaten total wichtig. Also: echter Maisgrieß, feiner Parmesan und zum Ausbacken richtig gutes Olivenöl.«

»Kann man da nicht auch einfach Mehl statt Maisgrieß nehmen?«, fragte Kristine dazwischen. Sie hatte ihre Schlappe beim ersten Kochversuch wohl noch nicht verwunden.

»Nur wenn ihr keinen Wert auf Gäste in eurem Restaurant legt«, sagte Frau Weidner.

Drei Stunden später liefen wir beseelt, pappsatt und jeder mit einer Tupperschüssel Köstlichkeiten bestückt auf die Straße.

»Mann, das war echt super!«, sagte Arif. Der hatte sich als Sohn eines Imbissbesitzers auch als Einziger nicht so dämlich angestellt wie der Rest, was Theos Mutter aber nicht aus der Ruhe gebracht hatte. Mit Engelsgeduld war sie jedem zur Hand gegangen, bis selbst Grobmotoriker Carsten verstanden hatte, wie man Kräuter hackte.

Arif verabschiedete sich und stieg auf sein Rad. Carstens Vater wartete bereits in seinem Wagen vor dem Haus der Weidners. Überpünktlichkeit war wohl ein Familienerbe.

»Das war wirklich sehr anständig«, brummelte Carsten vor sich hin und verschwand im Wagen.

Veronika entschied sich, mit uns zu warten, bis Kristines Mutter kam. Um die Zeit zu überbrücken, zog sie eine Polentaschnitte aus ihrer Schüssel und kaute mit verträumtem Gesicht darauf herum.

»Die Mutter ist echt der Hammer!«, sagte Kristine. »Ich versteh gar nicht, warum Theo so ein verängstigtes Würstchen ist.« Tja, auch wenn sie es üblicherweise geschickt versteckte, offensichtlich machte sich Kristine zuweilen Gedanken zur Welt um sich herum.

»Theo macht sich immer Sorgen wegen seinem Vater«, sagte Veronika. »Ich habe ihn gestern mal besucht und da ist er ab vier total unruhig geworden. Und als ich ihn gefragt habe, warum, meinte er, dass er manchmal Angst hat, dass sein Papa nicht heimkommt.«

»Oh Gott, und heute war sein Vater nicht da!«, rief Kristine.

»Dienstreise. Angeblich hat er einen ganz großen Auftrag am Haken«, sagte Veronika.

»Wieso angeblich?«, fragte ich.

»Ach, ich weiß auch nicht. Theos Papa ist ganz komisch, finde ich. Und er hat gar nicht glücklich gewirkt, als er das gestern erzählt hat.«

Ein röhrendes Klappern kündigte die Ankunft unseres Heimfahrservices an und wir konnten Theos Familiengeheimnisse nicht weiter ergründen.

Freitag, 13. Mai

- Noch 29 Tage bis zum Schulfest -

TAGEBUCH!
Ich habe mich ja mittlerweile daran gewöhnt, Dich eine halbe Stunde täglich zu suchen - aber fast eine Woche abtauchen? Um dann doch im Bücherregal zu stehen? Das ist doch nicht Dein Ernst!

So, jetzt geht es mir besser. Kommen wir zum Bericht des heutigen Tages und der Dinge, die passiert sind, während Du Dir eine Auszeit gegönnt hast.

Heute fing es an wie immer. Unerträglich lahmarschige Unterrichtsstunden und ein Klassenlehrer, der Krissis und meine Meldungen (die ja nun nicht zu häufig erfolgen) geflissentlich ignoriert. Als ausgebildeter Pädagoge sollte man mit gekränkter Eitelkeit professioneller umgehen können. In den Pausen schadenfrohe Gesichter, wenn man uns mit den anderen Projektmitgliedern sieht. Aber das Probekochen bei Theo letzte Woche war der Hit. Die Polentaschnitten mit Kräuterquark wurden dank beherztem Eingreifen seiner Mutter so lecker, dass wir fast alles ratzekahl aufgegessen haben. Auch unsere heutige zweite Blindkellnerei-Übung verlief besser als beim letzten Mal. Sara schaffte es in nur drei Minuten, die Teller unfallfrei abzustellen und abzuräumen. Total begeistert ernannte ich sie zur Chefkellnerin - aber dann erinnerte sie mich daran, dass sie ja gar nicht da sein würde. Schulfeste sind Schmutz in den Augen des Herrn und offensichtlich noch größerer Schmutz als die erfundene Krankheit, die uns um das größte Blindentalent in unserer Gruppe bringt. Das ist doch kacke.

Wenigstens haben sich auch alle anderen weniger blöd angestellt als letzten Freitag - außer mir, aber es war ja auch mein erstes Mal mit Halstuch vor den Augen. Das ist übrigens, Überraschung, wieder ein neues. Sein Vorgänger ist nach Krissis Vermutung am Montag an unserer Bushaltestelle nicht mit ausgestiegen. Aber es liegt noch ganz schön viel vor uns. Abgesehen von Sara kommen selbst meine talentierteren Kollegen nicht innerhalb von fünf Minuten zurande. Wir haben nur noch vier Wochen Zeit und brauchen mindestens zwei Termine davon, um unseren Raum vorzubereiten.

Dafür gibt es auch eine gute Nachricht. Die Bauarbeiten an der Mädchentoilette stehen gerüchtehalber kurz vor der Vollendung. Mit etwas Glück werden uns das ständige Gehämmere und Geschreie doch nicht alle in den Wahnsinn treiben. Warum müssen Bauarbeiter eigentlich immer so brüllen? Ich verstehe das ja, wenn Bauarbeiter A im fünften Stock eines Rohbaus steht und Kollege B im Erdgeschoss, doch für ein paar Quadratmeter Schultoilette sollte Zimmerlautstärke völlig ausreichend sein.

So, ich muss los. Ich musste schweren Herzens Tante Andreas Einladung zu einem Mädelsabend - Joghurt-Gurken-Masken, Chai-Tee und Girls Talk - absagen, weil Theos Mama heute um halb fünf wieder zum

Kochen einbestellt hat. Nach dem Hauptgang ist diesmal das Dessert dran. Hoffentlich klappt auch das so gut. Sara kann – Überraschung – wieder nicht. Sie muss angeblich ausgerechnet heute Blätter von ungefähr achthundert verschiedenen Laubbäumen für den Biounterricht sammeln – und die dann auch erst mal erkennen. Immerhin, Gott wird in Sachen Vereitelung von Gemeinschaftssinn etwas kreativer.

Mit mahnendem Blick stand Popelino an der Einfahrt der Weidners, als Kristine und ich aus dem Auto ihrer Mutter stiegen. Nach einer Fahrt mit wieder mal sehr beunruhigenden Motorgeräuschen ertrug ich seine schlechte Laune nicht ganz so geduldig wie sonst.

»Es ist zwei nach!«, fauchte ich.

»Ich guck doch gar nicht dich an«, sagte er. »Ich sorge mich um die Verkehrssicherheit unserer Gruppenmitglieder.«

Tatsächlich sah ich jetzt auch das bedenklich schwankende Rad, auf das ich zusteuerte. Ein Arif, der sich zwischen keuchen und lachen nicht entscheiden konnte, stieg ab und gab den Blick auf Sara frei.

Ihr Lachen versiegte, als sie uns erkannte. Sie schaute Arif panisch an. »Ich dachte, du sammelst mit mir Blätter für Bio!«

Arif nahm seinen Rucksack ab und zog mehrere beschriftete Tütchen daraus hervor.

»Das ist Birke. Das Eiche. Das Ahorn …«

Arif zählte weiter Bäume auf und überreichte Sara Tüten, die sie mit verdattertem Blick entgegennahm.

»… und das die liebe Esche. Fertig. Jetzt hast du drei Stunden

Zeit gespart und kannst mit uns kochen.« Arif schaute sie auffordernd an.

Veronika kam angetrabt und vergaß angesichts des interessanten Settings, weiter an ihrem Snickers zu nagen.

»Aber ich habe meiner Mutter gesagt, dass ich Blätter sammeln gehe! Ich kann sie doch nicht anlügen!« Sara war in emotionalem Ausnahmezustand.

»Du hast nicht gelogen«, bemerkte Carsten. »Du hast aufgrund der dir vorliegenden Faktenlage eine Prognose über deine Nachmittagsgestaltung abgegeben. Die Faktenlage hat sich unvorhergesehenerweise geändert, weshalb die Prognose nicht mehr eintreten kann, woran du aber keinerlei Schuld trägst.«

»Kochbrüder und -schwestern! Wo bleibt ihr?« Theos Mutter stand vor dem Haus. Sie trug eine pinkfarbene Kochmütze und winkte uns enthusiastisch zu.

Sara schaute mich Hilfe suchend an.

»Carsten hat es gewohnt unkompliziert erklärt, aber recht hat er trotzdem«, sagte ich.

Theo kam zu uns gelaufen. An seiner Hand hielt er seine kleine Schwester Svea, die Kristine argwöhnisch musterte. Wahrscheinlich eine Art Mutprobe.

»Sollte ich meine Eltern nicht wenigstens anrufen?«, fragte Sara.

»Du solltest jetzt mit uns Nachtisch machen und ihnen nachher was davon mitbringen«, sagte Theo.

Der Kochkurs lief noch besser als beim letzten Mal. Theos Mutter hatte für alle Kochmützen in Neonfarben organisiert, über die wir uns erst mal beömmelten, weil wir damit so bescheuert aussahen. Nur Sara trug ihre Mütze andächtig wie eine Krone. Nachdem ich Kristine mit Mühe davon abgehalten hatte, Fotos von uns auf Facebook zu posten, ging es dann aber auch los mit Arbeit.

»Mürbeteigtaler Surprise im Glas« nannte sich das Projekt, das sich Mutter Weidner mit uns vorgenommen hatte. Während Kristine und ich bewiesen, wie dämlich man sich bei der Herstellung eines schlichten Mürbeteigs anstellen konnte, erklärte Arif Sara souverän, wie sie die Ingwerwurzel halten musste, damit sie sich beim Hobeln nicht die Fingerkuppen abraspelte. Als es dann trotzdem passierte, nahm Sara es bemerkenswert gelassen und lutschte an ihrem versehrten Finger.

»Igitt, Blut schmeckt doch ekelhaft!«, sagte Kristine.

»Ich darf keine Blutspenden annehmen«, erklärte Sara. »Also muss ich so dafür sorgen, dass mein Blut mein Blut bleibt.«

Veronika und Theo gelang es partout nicht, die Schlagsahne und den Quark so zu verrühren, dass der gewünschte Sahnequark daraus wurde.

»Tiefer rein in die Schüssel, Schatz!«, sagte Theos Mutter. »Schwungvoll ineinander!«

Theo versuchte es und schaufelte Veronika dabei einen dicken Batzen ins Gesicht. Sie schaute ihn verdutzt an, und dann brachen beide in brüllendes Gelächter aus, das alle ansteckte.

Trotz aller handwerklichen Fehlschläge gelang es uns kurz nach sechs, die Teigplätzchen in den Ofen zu packen. Um die Wartezeit zu überbrücken, servierte uns Theos Mama eine selbst gemachte Kräuterlimonade, die wir mit andächtigen Ahs und Ohs kosteten, bevor wir munter drauflosquatschten, wie es denn nun weitergehen sollte mit unserem Projekt. Nur Theo war plötzlich still. Ich bemerkte, dass sein Blick immer wieder zur Chromuhr über der Terrassentür wanderte. Vermutlich reichte es ihm langsam mit dem Halligalli, das wir hier bei ihm veranstalteten.

Unsere Plätzchen waren auf den Punkt genau gelungen. Wir legten immer eins auf den Boden von Einweckgläsern, verteilten darauf Quarkcreme, packten noch ein Plätzchen darauf und schlossen ab mit einem Tupfer Schlagsahne, auf den etwas geraspelte Blockschokolade kam. Es sah großartig aus und wurde nur noch von dem Geschmack getoppt.

Ich musste blinzeln. Irgendwie hatte ich das Gefühl, es sei dunkler geworden. Ich schaute aus dem Fenster. Der Himmel war wolkenlos, und die Sonne stand genau da, wo sie Mitte Mai um diese Zeit zu stehen hatte. Mein Blick schweifte zu Theo, der mit seltsamem Ausdruck hinter mich schaute. Ich drehte mich um.

In der Küchentür stand ein Mann.

Nachtrag um 23:30 Uhr:

Ich muss noch kurz was loswerden: Kochen lief wieder super, aber um kurz nach sieben kam Theos Papa nach Hause. Boah, war das gruselig! Er kam einfach nur rein, und schon hatte ich das Gefühl, die Temperatur sinkt um zehn Grad. Krissi ist instinktiv näher an den noch auslüftenden Ofen gegangen, weil sie das unterbewusst gespürt haben muss (bewusst kann ich ausschließen, weil sie hinterher sagte, dass sie gar nichts gemerkt hat und alles ganz normal fand). Eigentlich hat Theos Vater auch gar nichts gemacht, er hat nur Hallo gesagt und Theo gefragt, wie es ihm geht, aber während Theo die Antwort vor sich hin wisperte, hörte der Typ gar nicht hin, sondern schaute nur mit leerem Blick aus dem Fenster. Ich habe als Kind mal heimlich so einen uralten Horrorschinken gesehen, da bekam jemand Superaugen reinoperiert wegen militärischer Nützlichkeit, aber die Augen machten sich irgendwie selbstständig, und er sah plötzlich Dinge, die er gar nicht sehen wollte. Gut, streng genommen sah er nur grün angeleuchteten Rauch, mit schräger Orgelmusik als Soundkulisse, aber ich fand das damals echt unheimlich und der Augenmann wohl auch, der ahnte nämlich plötzlich was vom Ende der Welt und lenkte seinen Düsenjäger in einen Hügel, der was mit dem Weltuntergang zu tun hatte. Genau wie dieser arme Soldat hat Theos Papa geguckt!!! Theos Mama, die sonst eher zu viel als zu wenig redet – Krissi in erwachsen sozusagen –, war die ganze Zeit, während er in der Küche war, stiller als ich im Matheunterricht und schaute ihren Mann an wie eine FBI-Agentin, der gerade schwant, wer hinter den geheimnisvollen Terroranschlägen steckt. Da war ich ausnahmsweise mal richtig dankbar für meine Eltern. Ich meine, die sind nach wie vor echt strange, aber wenigstens kann man in ihrer Gegenwart noch atmen.

Donnerstag, 19. Mai

- Noch 23 Tage bis zum Schulfest -

»Das kann man bestimmt auch mit Maracuja machen – und Chili! Das schmeckt garantiert abgefahren!«

Die Nachtischlektion bei Theos Mama hatte großen Eindruck bei Kristine hinterlassen. Der Banane-Ingwer-Quark auf Mürbeteig im Einweckglas, den sie unter tiefstem Misstrauen (»Ich hasse Ingwer! Und Bananen habe ich als Baby zuletzt gegessen, weil ich noch nicht sagen konnte, dass ich sie eklig finde!«) mit zubereitet hatte, schmeckte ihr so gut, dass schon seit Tagen unvermittelt neue Variationsideen aus ihr heraussprudelten. Auch jetzt, auf dem Weg von der Schule zur Bushaltestelle, hatte sie wieder einen dieser kreativen Anfälle.

»Oder wir machen was ganz anderes. Wir können einen Schokoriegel zerbröseln und mit Basilikum abschmecken … vielleicht ein Snickers? Oder ein Bounty?«

»Krissi! Wir machen ein Dunkelrestaurant und kein Versuchslabor!«, sagte ich.

»Ich probier das zu Hause mal aus, und wenn es was wird … dann weiß ich, wer zu Kreuze kriecht.«

An der Bushaltestelle stand Arif. Was seltsam war, denn er wohnte nicht weit weg von der Schule und ging eigentlich zu Fuß nach Hause.

»Hi«, sagte ich, »kannst du mich retten? Kristine möchte unsere Gäste vergiften.« Arif lächelte, während Kristine mir den Ellbogen gegen die Schulter rammte. Das Lächeln verschwand aber sehr schnell wieder.

»Ich muss mal mit dir reden«, sagte Arif.

»Oh«, sagte ich, »das ist schlecht, weil … da kommt der Bus!« Er bog gerade am Ende der Hauptstraße um die Ecke.

Arif starrte zu Boden. Plötzlich tat er mir leid. Der Junge hatte offensichtlich echt Redebedarf.

»Nicht schlimm, es kommt ja noch einer«, sagte ich schnell.

»In zwei Stunden!«, rief Kristine, der natürlich entgangen war, dass ich diesen unangenehmen Fakt aus Feinfühligkeit verschwiegen hatte.

»Das ist doch egal«, sagte ich, »dann gehe ich halt in den Aufenthaltsraum und mache Hausaufgaben oder so. Ist schon okay, Arif.«

»Also, ich muss los. Bis Morgen. Mit einer Kostprobe Bounty-Basilikum-Quark!« Kristine verschwand in der Bustür.

»Bounty-Basilikum? Igitt«, sagte Arif.

Der Aufenthaltsraum war Arif zu voll, deshalb gingen wir in den Kirchpark und setzten uns auf eine Bank. Alexa und ihre Clique hatte das freundliche Wetter leider auch hierhergetrieben. Sie saßen auf einer Decke und veranstalteten ein Picknick aus ihren Tupperdosen. Als sie uns bemerkten, sahen sie uns an wie zwei Fliegen, die sich gerade auf ihren Tomaten mit Mozzarella aus dem Biomarkt niedergelassen hatten, obwohl wir mindestens fünfzig Meter entfernt waren. Ich hob grüßend die Hand und ließ nur den Mittelfinger stehen, als sich die Hühner mit abfälligem Gekicher weggedreht hatten.

»Okay, was steht an?«, fragte ich Arif.

»Das muss aber unter uns bleiben«, sagte er.

»Ähm … okay«, sagte ich. Sein ernster Tonfall gruselte mich.

Ich schaute offensichtlich seriös genug drein. »Es geht um Onkel Sertan«, begann er.

Ich fragte mich ernsthaft, was für ein seltsames Gespräch hier seinen Anfang nahm.

Liebes Tagebuch,

ich habe sooo einen Hals. Also einen sehr dicken, ich male den jetzt nicht auf, das wäre kindisch. Seit heute Nachmittag ist es amtlich: Arif ist raus. Ich habe extra gewartet, bis ich das hier verarbeite, weil ich gehofft habe, irgendwie löst sich das Ganze noch in Luft auf und Arifs Papa überlegt es sich anders. Aber nichts da. Gerade eben hat Herr Wenz um acht Uhr abends bei uns angerufen, weil er es gar nicht erwarten konnte, die Bombe platzen zu lassen.

„Elisabeth, als Leiterin deiner Projektgruppe müsste ich mal mit dir reden", begrüßte er mich, nachdem Mama mit fragendem Blick das Telefon an mich weitergereicht hatte. Wenigstens hatte er nicht Kristine angerufen. In der fünften Klasse dachte sie zwar mal, sie wäre in den Wenz verliebt, aber dieses Kribbeln im Bauch stellte sich dann als Magen-Darm-Grippe heraus. Seither hat sie eine solche Abneigung gegen den Mann entwickelt, dass sie wahrscheinlich auf die Nachricht „Dein Lehrer ist am Telefon" mit einem spontanen Paniksprung vom Balkon reagiert hätte.

„Nun ... ich weiß gar nicht, wie ich dir das jetzt sagen soll", begann Herr Wenz. „Es ist so ... Arif wird eurer Gruppe leider nicht mehr zur Verfügung stehen. Sein Vater hat heute mit dem Direktor telefoniert. Arif fühlt sich in eurer Gruppe nicht besonders wohl und kehrt deshalb zu seinem alten Projekt zurück. Es tut mir sehr leid."

Den Ausdruck tiefsten Bedauerns in seiner Stimme, mit dem el Wenzo das triumphierende Grinsen übertünchte, das er wahrscheinlich gerade auf den Lippen trug, gehört auf jeden Fall in die Top 3 der schlechtesten Schauspielleistungen, die ich je in der Realität erlebt habe. Ich glaube sogar, es ist Platz 1. Sicher, Papas „Lecker!" zu (Erb-) Tante Margarethes Christstollen des Grauens mit anschließender Bitte um ein weiteres Stück war auch miserabel. Krissis stotternd mit hochroter Birne vorgetragenes Märchen vom Glatteis im März als Erklärung für ihr erstes Schwänzen vor den Osterferien war zwar noch etwas schlechter gespielt, aber nee, je länger ich drüber nachdenke, desto sicherer bin ich mir, was Wenzens Topposition angeht. Zumal es ja nach seinem „tiefen Bedauern" noch weiterging mit dem sensationellen Gnadenangebot, ob wir uns nicht alle Arif anschließen wollten.

Wollen?

Mit Wollen hat das bei Arif so gar nichts zu tun. Er hat in seiner Zeit auf dieser Schule noch keine angenehmeren Stunden erlebt als in dem Schrottraum neben dem Heizungskeller. Und auf die Kochlektionen bei Theos Mutter hat er richtig hingefiebert, zumal er, nebenbei bemerkt, nicht nur Spaß, sondern auch noch Talent beim Kochen hat.

Kurz: Er verlässt unsere Gruppe nur, weil sein ONKEL es so will. Ja, richtig gelesen. ONKEL. Hier die wahre Geschichte, die mir Arif in seinem Unglück noch vor dem Anruf von el Wenzo berichtet hat.

Es gibt ja nicht so wahnsinnig viele Türken bei uns an der Schule - die meisten sind, fällt mir gerade auf, Mädchen -, aber Max' Kumpel Ertem ist einer davon, und nicht nur das, er ist auch noch Arifs Cousin. Dass bislang kein Mensch wusste, dass die beiden verwandt sind, zeigt ja schon mal, wie sehr es Ertem interessiert hat, dass in der Unterstufe ein Teil seiner Familie leidet. Dummerweise findet mein Bruder unser Projektteam so putzig, dass er wahnsinnig gerne über unseren Losertrupp lästert. Dabei hat Ertem dann trotz seiner nicht allzu flotten Auffassungsgabe irgendwann gecheckt, dass auch sein Cousin zu ebendiesem Losertrupp gehört und das wiederum seinem Vater erzählt. Der rief sofort seinen Bruder, also Arifs Papa, an und erzählte ihm von der Schande, die sich gerade an der Schule so abspielt. Nun ist Arifs Papa kein Unmensch und ließ durchschimmern, dass er den Eindruck habe, seinem Sohn mache die neue Gruppe Spaß und er könne deshalb damit leben, wenn andere sich darüber das Maul zerreißen.

Tja, aber sein Bruder hatte damit wohl größere Probleme. Deshalb erinnerte er Arifs Papa daran, dass der noch mit einigen Zehntausend Euro wegen seinem Geschäft bei ihm in der Kreide steht und er das Geld vielleicht früher wieder zurückbraucht. Wahrscheinlich wegen der hohen Reinigungskosten für beschmutzte Familienehre oder so. Da ist Arifs Vater eingeknickt, und weil er ja schlecht Direktor Heide erzählen kann, dass er vom eigenen Bruder wegen einer Sache erpresst wird, die den einen Scheißdreck angeht, entstand das Märchen vom unglücklichen Arif, der sich nichts mehr wünscht, als endlich wieder das fünfte Rad am Wagen seiner alten Gruppe sein zu können.

Das einzig Gute an der Sache ist, dass ich lerne, wie viele Menschen man auf einmal hassen kann. In diesem Moment hasse ich:

- Den Wenz, weil er nicht kapiert, dass unsere Gruppe eine gute Sache ist,
- Arifs Onkel, weil er sich in Sachen einmischt, die ihn nichts angehen, und dabei auch vor kriminellen Akten nicht zurückschreckt,
- Arifs Papa, weil er einknickt (den hasse ich aber nicht ganz so sehr, weil das mit dem Geld einfach krass ist),
- Ertem, weil er seinem Vater Sachen erzählt, die ...
- ... Max, weil er seine Fresse nicht halten kann, wiederum ihm erzählt hat.

Mir graut vor morgen, wenn ich es den anderen sagen muss. Und ganz besonders graut mir, weil ich den anderen die Wahrheit auch nicht sagen kann. Denn wenn das bis zu Ertem durchplätschert, sind wir nicht nur Arif los, sondern dann steckt sein Vater garantiert in der Scheiße. Was für ein schönes Schlusswort. Das möchte man gleich noch mal wiederholen.

Scheiße. Scheiße. Scheiße. Scheiße. SCHEISSE!

Freitag, 20. Mai

- Noch 22 Tage bis zum Schulfest -

Und ich dachte, Arif mag uns.«

Beim Anblick von Veronikas niedergeschlagenem Gesicht musste ich sehr an mich halten, die soeben bekannt gegebene offizielle Version nicht sofort zu berichtigen. Nur der Gedanke, dass Arif in Teufels Küche käme, wenn ich die Wahrheit sagte, ließ mich die Lüge durchhalten.

Schnell weiter im Programm, bevor jemandem auffiel, dass es mit Sicherheit nicht Arifs Unwilligkeit sein konnte, die unsere Truppe verkleinerte.

»Nun, es ist, wie es ist, und es ist scheiße«, sagte ich.

Sara kicherte, obwohl sie Tränen in den Augen hatte. Aber sie konnte sich das Kichern einfach nicht verkneifen, wenn sie das Wort »scheiße« hörte. Da sowohl ich wie auch Kristine es wahrscheinlich häufiger verwendeten als Worte wie »du«, »ich« usw., hatte sie in den Projektstunden immer viel zu lachen.

»Wir sind jetzt nur noch zu fünft. Ich glaube, das bekommen wir trotzdem noch hin, wenn wir tatsächlich nur kalte Speisen servieren …«, fing ich an.

»… und keine halbe Stunde mehr zum Servieren brauchen«, führte Krissi den Satz souverän zu Ende.

»Schaffen wir«, sagte Carsten.

Ich schaute Popelino verblüfft an. Hatte er gerade etwas Aufmunterndes von sich gegeben?

»Ja?«, fragte Krissi, die das anscheinend auch nicht glauben konnte.

»Ich habe meinem Papa erzählt, dass wir über die Tische fallen oder gegen Wände rennen. Und da hatte er eine Idee.«

Carsten hievte seinen Ranzen auf den Tisch. Gott, er war in der siebten Klasse und hatte immer noch einen Scout mit Raketenmotiv.

Carsten klappte den Deckel hoch und zog zwei Dinger hervor, die aussahen wie die Brillen von Außerirdischen.

»Mein Vater arbeitet bei der Bundeswehr. Und die hier brauchen sie nicht mehr, obwohl sie noch gut funktionieren. Zieh mal auf!« Er hielt Kristine eines der Geräte hin. Sie zog es sich langsam über den Kopf.

»Ich seh nix«, sagte sie.

Carsten lief zu ihr und drückte einen Schieber zur Seite.

»Oh!«, rief Kristine. »Ich seh immer noch nix, aber wenigstens in Grün!«

»Genau«, sagte Carsten, »weil es hier noch hell ist. Aber in einem völlig dunklen Raum siehst du all das, was sonst keiner sieht – zwar auch in Grün, aber du siehst es.«

»Ein Nachtsichtgerät?«, fragte ich.

»Bingo!«, bestätigte Carsten.

»Wie in ›Das Schweigen der Lämmer‹?«, erkundigte sich Kristine unbehaglich.

»Toll«, rief ich. »Nicht schön, wenn man es benutzt, um Menschen zu häuten, aber zum Servieren perfekt!«

Veronika, Theo und Sara schauten mich an, als hätte ich den Verstand verloren. Sie kannten den Film wohl nicht, vernünftigerweise.

»Bist du sicher, dass die funktionieren?«, fragte Veronika.

»Das wird sofort getestet!«, verkündete Kristine und riss sich schwungvoll ihre neueste Tuchentdeckung vom Hals.

Ich schaute sie mahnend an. »Krissi, du willst jetzt bitte nicht dein Halstuch vor die Brille binden. Das ist ja wie in diesen öden Schilda-Geschichten, die der Wenz immer in der letzten Stunde vor den Ferien vorliest.«

Kristine brauchte verstörend lange, bis sie die Dämlichkeit ihres Vorhabens durchschaute. Dann band sie sich mit einem nervösen Kichern ihr Tuch wieder um den Hals. »Okay, aber wie kriegen wir es hier im Raum dunkel?«

Es gab keine Rollläden vor den Fenstern, und die Sperrholzplatten, die wir für das Fest verwenden wollten, lagen noch bei uns in der Garage.

»Ich bin jetzt Gymnasiast«, sagte Veronika.

»Häh?«, machten wir im Chor.

Nur Theo war höflicher. »Schon ein Jahr, oder?«, sagte er.

»Nein, das meine ich nicht«, erwiderte Veronika. »Wir mussten so eine Collage machen, als wir hier ankamen. Und die hieß ›Ich bin jetzt Gymnasiast‹. Sie hängt immer noch neben unserem Klassenzimmer. Die passt, glaube ich, exakt in so ein Fenster.«

»Ach! So was mussten wir auch machen«, fiel Theo ein, »bei uns hieß das ›Auf dem Stifter ist immer was los‹. Die ist auch noch bei uns am Klassenzimmer.«

»Und bei den Kunstsälen gibt es nur so großformatigen Dreck«, ergänzte Kristine, »damit kriegen wir locker die restlichen Fenster dicht.«

»Das ist bestimmt nicht erlaubt, alles abzuhängen«, warf Carsten ein. Fünf Augenpaare musterten ihn skeptisch. Er kicherte. »Aber wenn mich jetzt selbst die Zeugin Jehovas so anglotzt, mache ich wohl auch bei einem Raubzug mit.«

Vorsichtig spähte ich aus unserem Raum. Ich hörte Schritte auf der Treppe und zog mich schnell wieder zurück.

»Hinsetzen! Konzentriert gucken!«, befahl ich.

Zehn Sekunden später schaute Herr Wenz herein. Wir sahen ihn fragend an.

»Ich wollte nur wissen, ob es bei euch läuft.«

»Super!«, sagten wir etwas zu einstimmig. Stirnrunzelnd verzog sich mein Klassenlehrer wieder.

Wir warteten noch zwei Minuten. Dann ging es los.

Ich hatte die Schule an einem Freitagnachmittag etwas leerer erwartet. In der Halle hinter dem Haupteingang der Schule stand gerade beunruhigend viel Lehrpersonal. Glücklicherweise waren sie aber alle im Feierabendmodus und strömten nach draußen. Auch el Wenzo war unter ihnen, womit wir keine Spionagetätigkeit seinerseits mehr zu befürchten hatten.

Als die pädagogisch wertvollen Stimmen endlich erstarben, huschten wir als Erstes zu den Klassenzimmern der Fünftklässler. Mit erstaunlich geschickten Händen entfernte Sara die Reißzwecken von der schreiend bunten Collage vor Veronikas und Theos Klasse. Die beiden brachten unsere ersten Beutestücke rasch in den Keller, bevor es weiterging.

Blieben noch die Kunstsäle, die etwas abgelegener im Trakt hinter den Naturwissenschaftsräumen lagen. Hier herrschte nun wirklich Totenstille. Carsten summte permanent die Titelmelodie von »Mission: Impossible«, bis Kristine mit einem gezischten »Kannst du das mal lassen?« die unnötige Spannungssteigerung beendete. Wir schlichen weiter, die Treppen hoch, und spähten in den Gang mit den Kunstsälen. Ein Mann mit ungepflegtem Vollbart kniete dort auf dem Boden und schaute resigniert eine Steckdose an.

»Verdammt«, flüsterte ich, nachdem ich den Kopf zurückgezogen hatte.

»Ist das ein Obdachloser?«, fragte Sara unbehaglich.

»Quatsch, das ist Ficki«, erklärte Carsten und ergänzte angesichts von Saras fragendem Blick: »Unser Hausmeister!«

»Wir haben einen Hausmeister?«, fragte sie. Was bewies, dass der Anblick eines Herrn Fickenbacks bei der Arbeit den Seltenheitswert einer Yeti-Sichtung hatte.

»Wie ich Ficki kenne, schaut der noch zwei Stunden die Steckdose an, bevor er entscheidet, dass es keine Hoffnung mehr gibt«, sagte ich.

Wir dachten nach. Dann räusperte sich Veronika und trat hinter der Wand hervor mitten auf den Gang. »Herr Fickenback!«, rief sie so laut, wie ich sie noch nie gehört hatte.

»Ich wusste, dass die Dicke wahnsinnig ist!«, flüsterte Carsten.

Unser Hausmeister gab einen überraschten Laut von sich, bevor er ein »Was ist los?« grummelte.

»Gut, dass ich Sie treffe. Ich bin aus der 5A und unsere Tür schließt nicht mehr richtig«, hörten wir Veronikas Stimme.

»Siehst du nicht, dass ich beschäftigt bin?«, fuhr sie Herr Fickenback in einem Ton an, der zartbesaitete Gemüter sofort in die Flucht geschlagen hätte.

»Oh, Entschuldigung«, sagte Veronika. »Unsere Lehrerin hat nur gesagt, dass sie es von Ihrem Lohn abziehen lässt, wenn unsere Klassenkasse verschwindet. Ich wollte es Ihnen halt nur sagen.«

»Sie ist brillant!« Ich lächelte.

»Und echt mutig«, ergänzte eine bleiche Sara. Sie vergaß vor lauter Bewunderung anscheinend völlig, dass Veronika hier gerade sündigerweise einem Erwachsenen dreist ins Gesicht log.

»Moment«, rief Ficki Veronika hinterher. »5A, sagst du? Ich hol mein Werkzeug und schau es mir mal an.«

»Danke«, sagte Veronika und kehrte zu uns zurück. Wir rannten zu den Naturwissenschaften und warteten, bis Herr Fickenback an uns vorbeischlurfte, ohne uns überhaupt wahrzunehmen.

»Ihr habt eure Klassenkasse immer in eurem Raum?«, fragte Theo, während wir nun zu den herrlich ungeschützten Plakaten vor den Kunstsälen marschierten.

»Ach Quatsch«, sagte Veronika. »Aber das mit der Tür nervt echt schon seit Monaten.«

'n Abend, Tagebuch,

ich dachte ja nicht, dass mein Verhältnis zu Gott sich noch mal bessert. Mit meiner Figur, meinen Haaren, dem außer Kontrolle geratenen Präsentationstag und Arifs Abgang hat er sich auch schon mehr als genug geleistet. Aber heute habe ich einen Silberstreif am Horizont meines religiösen Empfindens gesehen. Ich habe ja nicht geglaubt, dass diese ausgemusterten Serienmörderbrillen von Carstens Vater wirklich funktionieren, aber probiert haben wir es natürlich doch. Der Test begann mit einem prickelnden Kunstdiebstahl. Aber schließlich war es geschafft und mit unserer Beute haben wir die Fenster sogar halbwegs abgedunkelt bekommen. Die störenden Spalten, die noch frei lagen, haben wir dann mit unseren Klamotten zugestopft. Ich kriege gerade Atemnot bei der Vorstellung, was passiert wäre, hätte jemand interessehalber einen Blick in den Projektraum der Verrückten geworfen. Sechs halb nackte Unterstufler im verdunkelten Kellerloch, das wünscht man sich als Grundlage für Pausenhofgespräche. Netterweise kam aber niemand rein, alle Projektmitglieder sind wieder vollständig angezogen, die Collagen hängen leicht angeknickt wieder da, wo sie herkamen, und ich kann verkünden:

ES FUNKTIONIERT!

Mit den Brillen ist es kein Problem mehr, die Besucher hereinzuführen und das Essen zu servieren. Das Abspülen werden wir eh nach draußen verlagern, also steht unserem Dunkelrestaurant nichts mehr im Wege.

Wir waren nach dem gelungenen Test so aufgekratzt, dass wir unbedingt noch was machen wollten, also sind wir zu mir nach Hause, um unsere Stellwände vorzubereiten und zu streichen. Da ist uns dann aufgefallen, dass wir noch gar keine schwarze Farbe gekauft hatten, und als wir auf so einer Baumarktseite schauten, was die kostet, wurde uns doch ein bisschen übel – das hatten wir nämlich echt nicht mehr im Budget. Glücklicherweise kam gerade Papa nach Hause – normalerweise verwende ich „glücklicherweise" ja nicht in diesem Zusammenhang -, und als er den Grund unserer bleichen Gesichter erfuhr, sagte er, dass er noch zwei Eimer „Kristallschwarz" im Keller hat. Jetzt haben wir echt geil aussehende Stellwände in schick funkelndem Schwarz. Fast schade, dass die niemand sehen kann.

Allerdings frage ich mich, wozu Papa zwei Eimer schwarze Farbe im Keller hat. Wollte er in seiner Praxis ein Sterbezimmer einrichten?

Montag, 23. Mai

- Noch 19 Tage bis zum Schulfest -

Der Wochenanfang quälte sich wie üblich dahin, insbesondere dank der drei ersten Stunden.

»Wie kann man auf Mathe zwei Naturwissenschaften folgen lassen?«, keuchte ich, als wir vom Physiksaal Richtung Turnhallenklo spurteten. »Das verstößt doch gegen die Menschenrechte!«

»Kann da nicht die Partei von deinem Bruder was machen?«, hechelte Kristine zurück. Gott sei Dank, wir waren die Ersten auf der Toilette. Wir verbarrikadierten unsere Kabinen.

»Bevor Max sich für was einsetzt, was mir hilft, reißt er sich lieber eigenhändig die Zunge raus.« Mit einem besonders festen Ruck riss ich das Toilettenpapier ab.

»Ha, das ist ja lustig. Hier steht auch was Neues über mich und Zunge ausreißen und in den … das kann ich nicht lesen …«, kommentierte Kristine von nebenan.

»Das willst du auch nicht lesen«, sagte ich und verließ die Kabine.

Kurz darauf öffnete sich Kristines Tür – gerade noch rechtzeitig, denn schon kamen die anderen Mädchen, die auch auf die Toilette mussten. Hastig wuschen wir uns die Hände. Es klingelte zum Ende der kurzen Pause.

Die soeben hereingetretene Alexa schaute Kristine vorwurfsvoll an. »Sagst du dem Rüb, dass wir wegen deinem Gezündel wieder zu spät kommen?«

»Na klar, gerne doch.« Kristine strahlte.

Als wir draußen wieder losjagten – diesmal Richtung Klassenzimmer –, lächelte Kristine immer noch.

»Sie hat mit mir geredet«, platzte es aus ihr heraus.

Ich rannte kopfschüttelnd weiter.

Mit der soeben eingeläuteten Verfügungsstunde näherte sich der Schultag seinem Ende.

»Habt ihr heute was zu besprechen?«, fragte Herr Wenz.

»Ich habe ein neues Gedicht geschrieben«, verkündete Anna.

»Schön«, sagte Wenz, »dafür haben wir später bestimmt noch Zeit.«

Schade, dass Gedichte so kurz sind, dachte ich.

»Erst mal möchte ich hören, wie es in euren Schulfestgruppen läuft. Elisabeth?«

Schlagartig war ich hellwach, was in einer sechsten Stunde an ein Naturwunder grenzte.

»Ähm, ja … läuft gut«, leierte es lahm aus meinem Mund, als ich den Schock des unerwarteten Aufrufs verarbeitet hatte. Jemand kicherte.

»Na ja, etwas ausführlicher fände ich schon gut. Wir wissen ja nicht mal, was ihr genau macht.«

Ich stotterte unsere Idee mühselig hervor, vergaß die Hälfte und merkte erst am Ende meines Vortrags, der aus mehr »Ähms« als anderen Worten bestanden hatte, dass niemand gelacht hatte. Selbst Herrn Wenz' gütig-mitleidiger Blick hatte sich verwandelt. Es schien gerade mächtig in seinem Gehirnkasten zu rattern. Dann riss er sich wieder zusammen.

»Das klingt interessant. Aber geht das mit so wenigen Leuten? Kochen und servieren, egal, wie viele Besucher kommen?«

»Wir vergeben Time-Slots, sodass immer gleich viele Besucher da sind. Und wir servieren nur kalte Küche.«

»Belegte Brote?«, fragte jemand aus den vorderen Rängen.

»Nein«, widersprach ich. »Kalte Küche mit … Pfiff!«

Kristine nickte zustimmend.

»Und Werbung? Wie sollen die Leute auf euch aufmerksam werden?« Der Wenz ließ nicht locker.

Gute Frage, dachte ich.

»Plakate«, tönte es hinter mir, und es klang nach einem der seltenen Momente, in denen Kristine Gärtner etwas zum Unterricht beitrug.

»Bitte?«, fragte Herr Wenz.

Kristine stand auf und zog unter ihrem Tisch die C&A-Tüte hervor, bei der ich mich schon den ganzen Tag gefragt hatte, wozu sie gut war. An der Tafel angekommen, holte sie ein Poster hervor und stellte es auf das Kreidefach der Tafel.

Ein pechschwarzer Untergrund, rechts nur erleuchtet von einem unheilvoll gelben Mond. In weißen Lettern daneben:

DIE NACHT ERWARTET DICH
IN RAUM D.23

»Oh«, sagte Herr Wenz, »das ist … interessant.«

Arschloch, dachte ich. Das war nicht interessant.

Das war richtig gut.

Liebes Tagebuch,

ich kann nicht einschlafen. Immer wieder sehe ich den Blick vom Wenz. Dieser fassungslose Blick, dass wir möglicherweise - auch ohne das ganze demokratische Schulglückgefasel - etwas auf die Beine gestellt haben, was funktionieren könnte. Ja, es ist peinlich, dass eine Teenagerin wegen dieses jämmerlichen Triumphs nicht schlafen kann, aber es ist nun mal so. Wir kennen uns ja nun schon einige Monate, und das könnte was Ernsthaftes mit uns werden, also muss ich Dir auch meine Schattenseiten zeigen.

Okay, ich habe gerade ein bisschen durch die vergangenen Einträge geblättert. Eigentlich bist Du schattenseitentechnisch ganz gut auf Stand. Damit hier auch noch ein bisschen Inhalt steht: Wir konnten dem Wenz abringen, dass er uns am Mittwoch nach der Sechsten den Raum aufmacht, damit wir unsere Materialien schon mal abladen und in der nächsten Projektstunde aufbauen können. Mama hat mittwochs ihren freien Tag und auch schon zugesagt, das ganze Zeug in die Schule zu fahren. Da nur Sara am Mittwoch sechs Stunden hat, kann der ganze Rest der Bande beim Einladen helfen, und dann haben wir das auch ratzfatz erledigt.

So, ich probiere das jetzt noch mal mit Schlafen.

Mittwoch, 25. Mai

- Noch 17 Tage bis zum Schulfest -

Im Winter konnte es passieren, dass ein Schulbus zu spät kam. Normalerweise auf der Morgentour, wenn die Straßen noch nicht geräumt und gestreut waren. Dann drückte nicht mal der irre Hippie, dem man das Verkehrsschicksal des örtlichen Nachwuchses anvertraut hatte, wie gewohnt auf die Tube, und man war schon mal zehn Minuten später dran als üblich. Ansonsten hatte ich in meiner gesamten Schulkarriere noch nie einen verspäteten Bus erlebt.

Diese Premiere musste ausgerechnet heute stattfinden, wo ich ohnehin einen straffen Zeitplan hatte. Eine halbe Stunde zu spät spurtete ich nun mit Kristine unsere Auffahrt lang. Popelino stand vor dem Garagentor und hielt Veronika und meiner Mutter einen Vortrag über das Spinnennetz zwischen Regenrinne und Wand.

»… und deshalb ist das Spinnennetz ein Wunder der Natur. Eine perfekte Tötungsmaschine.« Mamas Blick auf Carsten verriet mir, dass sie gerade überlegte, ob vielleicht auch in diesem dicklichen Jungen eine perfekte Tötungsmaschine steckte. Dann bemerkte sie das Pfeifen, das aus den vom Rennen strapazierten Lungen von Kristine und mir tönte.

»Wo bleibt ihr denn?«, rief sie.

»Motorschaden. Bus. Scheiße«, erklärte Kristine prägnant.

»Und was ist mit Anrufen? Meines Wissens habt ihr beide ein Handy.«

»PIN vergessen. – Kein Guthaben«, riefen Kristine und ich gleichzeitig.

Meine Mutter schüttelte den Kopf und klappte den Kofferraum auf.

Sie hatte den Van, den ihr Papa heute überlassen musste, bereits vorbereitet. Die Sitze waren umgeklappt und schon wanderte die erste schwarze Stellwand in den Wagen. Wir kamen flott voran, und nach zehn Minuten waren alle sechs Wände verstaut sowie allerhand Zeug, das wir sonst noch brauchen würden – Spülschüsseln, Handtücher, Müllbeutel.

»Fertig!«, rief Kristine begeistert.

Meine Mutter legte den Kopf schräg. »Wie kriege ich jetzt euch noch da rein?«

»Das geht schon«, sagte ich, »Kristine und Veronika quetschen sich auf den Beifahrersitz und ich verteile mich mit Carsten und Theo in den Ritzen hinten.«

»Wo ist eigentlich Theo?«, fragte Veronika.

Eine berechtigte Frage. Er war nicht gekommen.

»Ich ruf ihn mal an«, verkündete ich und zückte mein Handy, bevor mir die Sache mit dem Guthaben wieder einfiel. Also rannte ich ins Haus, suchte verzweifelt nach dem Festnetztelefon, bis ich erkannte, wo es sein musste.

»Geht's noch? Wie wäre es mit Anklopfen?«, rief Max, als ich in sein Zimmer marschierte und das Telefon von seinem Nachttisch fischte.

Bevor ich sein Zimmer verließ, klopfte ich der Form halber an seine Tür. Dann tippte ich die Nummer aus meinem Handy ab und wartete. Nach einigem Getute sprang der AB an.

»Hallo, wir sind nicht da«, rief eine männliche Stimme, »aber wenn ihr was wollt von Magdalena«, hier rief Theos Mutter ihren Namen, »Theo«, seine Stimme klang noch deutlich jünger, »Svea«, die konnte damals wahrscheinlich gerade mal sprechen, »oder Till, hinterlasst eine Nachricht auf dem Band.«

Es piepte. Ich war noch total irritiert von der Ansage. Also, drei hatte ich ja erkannt, aber wer war dieser lustige Till? Sollte das tatsächlich Theos Vater gewesen sein? Diese vergnügte Stimme brachte ich echt nicht mit dem einschüchternden Typen in Übereinstimmung, den ich bei meinem letzten Besuch bei Theo kennengelernt hatte. Es piepte wieder.

»Scheiße«, flüsterte ich. Draußen hupte es, und ich entschied, dass wir uns später um Theo kümmern mussten. Vielleicht wartete er schon an der Schule.

Liebes Tagebuch,
Mama dürfte sich heute einen Knacks fürs Leben geholt haben. Wahrscheinlich kriegt sie zukünftig bei jedem Klingeln des Telefons einen Herzschlag, und wenn nicht beim Klingeln, dann spätestens dann, wenn sie die Rufnummer nicht zuordnen kann.

Aber der Reihe nach: Mama kam am späten Nachmittag von der

Schulfesttransportfahrt nach Hause, nachdem sich Herr Wenz bei ihrem Anblick in ein sabberndes Schleimmonster verwandelt hatte. Er half nicht nur beim Ausladen, nein. Mama erwähnte ganz beiläufig, wie unpraktisch sie das fände, dass unsere Truppe immer einen Aufschließer für den Projektraum suchen muss. Keine zehn Minuten später hielt ich meinen eigenen, von el Wenzo umgehend organisierten Schlüssel für den Projektraum in den Händen, den ich bis nach dem Schulfest behalten darf. Kein Wunder, dass meine Mutter findet, dass ich immer zu hart über meinen Klassenlehrer urteile. In ihrer Gegenwart ist er ein komplett anderer Mensch.

Ihre besonderen Fähigkeiten im Umgang mit Männern wurden noch einmal - und viel extremer - gefordert, als bei ihrer Rückkehr das Telefon klingelte. Als sie abhob, fragte nämlich eine ihr unbekannte männliche Stimme nach einer Magda, und als Mama sich nicht als die zu erkennen gab, brach der Mann in Tränen aus.

Was dann folgte, war ein richtiger Thriller. Wie in diesem Film, wo der Typ in der Telefonzelle nicht rauskann, weil er sonst erschossen wird. Gut, Mama hatte keinen roten Laserpunkt auf ihrem Herzen, während sie sprach, aber gefühlsmäßig stelle ich mir das ganz ähnlich vor. Es war nämlich niemand anders als Theos Papa am Telefon, der nach Hause gekommen war und feststellen musste, dass sich seine Familie vom Acker gemacht hatte. Und weil er unsere Nummer unter „Verpasste Anrufe" auf seinem Display hatte, vermutete er nun, dass Mama irgendwas damit zu tun hatte.

Hatte sie nicht, was sie ihm auch sagte, aber das hinderte ihn nicht daran, den Anruf in ein zweistündiges Psychogespräch zu verwandeln, in dem sich meine schreckhafte Mum heldenhaft geschlagen hat. In der ersten Viertelstunde heulte Theos Vater nur und schluchzte etwas davon, dass er sich umbringen würde, was meine Mutter davon abhielt, den Typen schleunigst aus der Leitung zu werfen. Da kann man ja auch schlecht sagen: „Danke für den Anruf und schönen Tag noch!"

Also hat sie ihn in ein langes Gespräch verwickelt, während sie nebenbei ihren Laptop anschmiss und verzweifelt versuchte herauszufinden, wo er wohnte. Sie wusste ja nicht mal den Nachnamen! Und die Fahrerei zu den Kochlektionen hatte ja immer Krissis Mutter übernommen. Aber Sherlock-Holmes-artig schmiss sie dann die Rückwärtssuche mit der Telefonnummer an und hatte Glück. Die meisten Leute haben diese Funktion für sich ausgeschlossen, aber daran hatte bei den Theos keiner gedacht, also hatte sie schon mal die Adresse. Aber wie sollte sie nun die Polizei alarmieren, ohne dass das psychische Wrack am anderen Ende der Leitung das mitbekommen würde? Max war wer weiß wo und Papa arbeiten. Also ließ Mama sich die gesamte Lebensgeschichte von Theos Papa erzählen. Wie er, der Stararchitekt, die einfache Köchin heiratete, obwohl seine wie auch ihre Familie dagegen waren. Wie sie sich ein gemütliches Nest in Fleckenbach schufen, zwei Kinder bekamen und voll stolz darauf waren, wie gut sie es miteinander hatten. Aber dann baute er - im wahrsten Sinne des Wortes - Scheiß bei so einem Krankenhausneubau, das Ganze wurde viel teurer als geplant, es gab Klagen, Gegenklagen, und sein Ruf war komplett im Arsch. Er musste sein Büro aufgeben und mit diesem Fiasko im Lebenslauf wollte ihn auch keiner anstellen. Die Ersparnisse schwanden dahin, und er tat, was Erwachsene gerne tun - nämlich so, als würde das von alleine wieder werden. Dann trank er hin und wieder einen zu viel, bis das nicht mehr die Ausnahme, sondern die Regel wurde, schämte sich, bekam Heulanfälle und schrie Frau und Kinder an. Behauptete, er hätte einen neuen Job, machte Schulden, damit niemand merkte, dass dem nicht so war, und lud die schlechte Laune zu Hause ab. Und schließlich brannten ihm dann endgültig die Sicherungen durch. Als Theos Mama ihm heute Vormittag eröffnete, dass es so nicht weitergehen könne, würgte er sie erst einmal. Und als er in seinem Suff dann bemerkte, was er da getan hatte, lief er weg.

Als er wiederkam, war seine Familie mit Sack und Pack verschwunden, ohne ihm eine Nachricht zu hinterlassen, wohin. Hätte ich als frisch gewürgte Ehefrau ähnlich gehandhabt.

Diese ganze Geschichte leierte Mama ihm aus den Rippen. Während er vor sich hin lamentierte, schrieb sie für Papa eine deutliche Anweisung nieder, was er zu tun hatte. Diesen Zettel drückte sie ihm in die Hand, als er endlich nach Hause kam, und Papa hat das sogar sofort kapiert und übers Handy die Polizei angerufen.

Woraufhin Mama dann nur noch weitere zwanzig Minuten am Telefon hängen musste, um Theos Vater irgendwie bei Laune zu halten. Dann hörte sie ein Scheppern, kurzes Gerangel und dann endlich eine erlösend amtlich klingende Stimme, die ihr sagte, dass alles unter Kontrolle sei.

Als ich nach Hause kam, saß meine Mutter am Küchentisch, umringt von Polizisten. Sie sah aus wie eine Figur aus einem japanischen Gruselfilm. Als die Polizei weg war, hat sie zwei Stunden nicht mehr aufgehört zu weinen, während sie wieder und wieder von diesem Gespräch erzählt hat. Papa saß die ganze Zeit neben ihr und hielt ihr die Hand. Ich kann mich nicht erinnern, dass Mama mir jemals leidgetan hat, aber heute war es so. Mir hat sich richtig das Herz zusammengekrampft. Selbst Max, der bekanntlich das Mitgefühl eines Felsbrockens hat, war schockiert, als er nach Hause kam. Er hat ihr sogar einen Kaffee gemacht und nicht mal gezickt, als ich ihm sagte, dass eine Extraladung Koffein das Letzte war, was Mama gerade brauchte. Gott sei Dank ist Papa Arzt und wir haben das gesamte Arsenal der deutschen Pharmaindustrie im Badezimmer. Er hat ihr ein Beruhigungsmittel geholt, und ich hoffe, sie schläft jetzt einen sanften, traumlosen Schlaf.

Freitag, 27. Mai

- Noch 15 Tage bis zum Schulfest -

Nachdem ich den Rest der Gruppe über den Verbleib von Theo ins Bild gesetzt hatte, beherrschte tiefes Schweigen den Raum. Da Krissi mit Schweigen nicht viel anfangen konnte, durchbrach sie es schnellstmöglich mit einem »Boah, bin ich froh, dass ich keinen Vater habe«.

»Mir tut er leid«, bemerkte Sara.

»Und was ist jetzt mit Theo? Wissen wir, ob er zum Schulfest wiederkommt? Wissen wir überhaupt, wo er steckt?« Auch Carsten hatte seine Stimme wiedergefunden.

Ich schüttelte den Kopf.

»Hamburg«, sagte Veronika. Alle Köpfe drehten sich zu ihr.

»Er hat mich gestern heimlich angerufen«, erklärte sie. »Seine Mutter hat ihm zwar verboten, mit jemandem zu sprechen, aber er findet, dass wir wissen müssen, was los ist. Ihr dürft es aber niemandem verraten.«

»Das kriegen wir hin«, sagte ich. Allgemeines Nicken. »Weißt du noch mehr?«

»Sie sind bei einer Freundin von Theos Mama. Theo glaubt

nicht, dass sie zurückkommen. Seine Mutter ist ziemlich fertig und ständig am Heulen. Aber sie will ein neues Leben für sich und die Kinder. Und das möglichst weit weg von Theos Papa.«

»Recht hat sie«, kommentierte Kristine.

»Mir tut er trotzdem leid«, beharrte Sara.

»Okay«, sagte ich, »dann wissen wir wenigstens, woran wir sind. Langsam wird es echt knapp mit Leuten, die am Schulfest da sind. Wehe, einer von euch wird krank. Also, natürlich außer dir, Sara, da wissen wir das ja schon.«

Popelino warf einen prüfenden Blick in die Runde und schüttelte dann den Kopf. »Ich glaube, wir können zusammenpacken. Tschüss, ciao, cheerio. Der Klub der Verlierer macht das, was er am besten kann: verlieren.«

Bedrückte Stille trat ein. Wie ein Donnern klang das Krachen, als Veronika eine Handvoll NicNacs zermalmte.

»Herrgott, warum musst du eigentlich ständig fressen?«, schrie Popelino sie an.

»Carsten!«, rief ich, entsetzt angesichts dieses neuen Höhepunkts seiner Unhöflichkeit.

»Weil ich Angst habe!«, schrie Veronika plötzlich unvermittelt zurück. »Ich esse, weil ich Angst habe. Oder weil ich nervös bin. Oder weil mir langweilig ist. Also esse ich so ziemlich immer!«

Wir schauten sie überrascht an.

»Wow«, sagte Kristine, »wie meine Mutter.«

»Deine Mutter isst doch gar nicht so viel«, merkte ich an.

»Nein, das Rauchen meine ich. Sie sagt, es gibt Stressraucher und Nervositätsraucher und Langeweileraucher, und sie ist alles drei.«

Veronika schaute, als hätte sie gerade neue Optionen entdeckt.

»Denk gar nicht dran«, befahl ich. »Es reicht, wenn Kristine eine Ausbildung in Sachen Lungenkrebs macht.«

»Ich rauche nicht mehr«, entgegnete sie schnippisch.

»Ach ja?«, fragte ich. »Wie kommt's?«

»Wir hatten neulich das Thema Sucht in Religion. Und da hat Alexa gesagt, dass Rauchen asozial ist«, erklärte Kristine.

»Ach, dann«, sagte ich. »Lungenkrebs und Geldverbrennung sind natürlich keine Argumente, aber wenn Alexa sagt, das ist asozial, dann ist das ja so, als hätte Gott das persönlich gesagt. Entschuldigung, Sara.«

»Vielleicht könntet ihr den Zettelverteiler streichen«, sagte sie, als hätte sie meine Gotteslästerung gar nicht vernommen.

»Bitte?«, fragte ich.

»Den braucht man ja nicht unbedingt. Wenn ihr Kristines Plakate gut platziert, sind die ja schon ziemlich gute Werbung. Und wenn man darauf verzichtet, unterschiedliche Schichten zu machen, haut das, glaube ich, trotzdem hin.«

»Ich soll hier sechs Stunden durcharbeiten?«, fragte Carsten scharf.

»Hast du was anderes vor?«, fragte ich zurück.

»Die Trolle führen mittlerweile neun zu fünf«, erklärte er. »Wenn ich nächsten Samstag nicht um fünf am Rechner sitze, haben die gewonnen!«

»Tja, dann ist wohl die Frage, wo verlieren peinlicher ist: hier oder in Mittelerde«, sagte ich.

Carsten schaute mich böse an und atmete dann hörbar aus. »Mann, bevor ihr diesen ganzen Schwachsinn angeleiert habt, war mein Leben echt einfacher. Aber na gut: keine unterschiedlichen Schichten.«

Die Pausenglocke klingelte. Ich zuckte zusammen.

»Verdammt«, rief ich, »eigentlich wollten wir heute doch noch Ablauf proben!«

Als ich nach Hause kam, war ich überrascht, Mamas Stimme zu hören. Dann fiel mir wieder ein, dass sie sich nach ihrem Telefonat des Grauens zwei Tage freigenommen hatte. Selbst ihr hartherziger Anwaltschef, der sonst bei jedem Urlaubsantrag das Ende der Kanzlei heraufbeschwor, fand das eine gute Idee, nachdem er die Geschichte gehört hatte.

Ich schlich durch die Diele. Meine Mutter unterhielt sich gerade mit Max.

»Nein, du bekommst zu deinem Achtzehnten kein Auto«, sagte sie. »Du hast den Roller. Wenn du ein Auto willst, kannst du jobben gehen. Das machen viele in deinem Alter, du hast noch ein Jahr Zeit, und ich finde es gruselig, dass du uns damit seit der neunten Klasse in den Ohren liegst.«

»Darüber wollte ich gar nicht mit dir reden«, hörte ich Max' Stimme. »Außerdem habe ich das mit dem Auto schon längst mit Papa klargemacht.« Mama knurrte empört, während mein Bruder weiterredete. »Es geht um deine Tochter. Du musst dafür sorgen, dass sie das abbläst mit ihrem Schulfestprojekt.«

»Aha«, sagte Mama, »und warum sollte ich?«

»Weil das schweinepeinlich wird. Ich meine, dass es lächerlich ist, war ja von Anfang an klar, aber das wird sie so dermaßen gegen die Wand fahren, dass es unsere ganze Familie beschädigt.«

»Soso. Papa muss seine Praxis schließen und die Kanzlei verliert alle Kunden? Wir müssen das Haus verkaufen und im Schutze der Nacht das Dorf verlassen?«, fragte meine Mutter.

»Du bist ja sooooo lustig in letzter Zeit«, nölte Max. »Ich will demnächst als Schulsprecher kandidieren, und das ist schon schwer genug mit einer Schwester, die keiner leiden kann. Dass sie irgendein eigenes Ding machen wollen, das dann keiner besucht, damit habe ich mich ja abgefunden. Aber das wird einfach in die Hose gehen. Sag ihr, sie soll es lassen. Oder sag Papa, dass er sie krankschreiben soll.«

Ich war kurz davor, in die Küche zu stürmen und meinen Bruder zu erwürgen. Was Theos Vater konnte, konnte ich schon lange.

Auch Mama klang mittlerweile ziemlich wütend.

»Punkt eins: Ich kann deine Schwester leiden und ich finde das nicht sonderlich schwer. Du kannst es ja auch mal versuchen. Punkt zwei: Elli reißt sich gerade den Arsch auf für diese Sache, die laut dir in die Hose geht. Ich glaube nicht, dass das passiert, und werde deswegen weder ihr noch deinem Vater irgendwas befehlen. Und solltest du auf die Idee kommen, Papa diesen Floh ins Ohr zu setzen, schwöre ich dir bei Gott, dass hier niemals dein eigenes Auto in der Einfahrt stehen wird!«

Mamas Gegenrede fand ich zugegebenermaßen fast so gut wie Max zu würgen.

»Mama, sie macht sich lächerlich. Ihr brechen reihenweise die Leute weg – das weiß jeder in der Schule, aber sie gesteht es sich einfach nicht ein.«

Mama atmete tief ein. »Sie hat mehr helfende Hände, als du denkst. Vielleicht sogar mehr, als sie selbst ahnt. Sie wird das hinkriegen, und wenn sie keine Besucher hat, dann werde ich mich dort vollstopfen, bis sie in die Gewinnzone kommt.«

Ich unterdrückte ein Kichern.

»Um Gottes willen, das wäre ja noch peinlicher.« Ich konnte förmlich sehen, wie mein Bruder erblasste.

»Dann lotse mal besser so viele Leute, wie du kannst, in ihr Projekt. Damit es nicht so peinlich wird.«

Schnell schlich ich die Treppe hoch. Leise schloss ich meine Zimmertür und genoss das Geräusch, als mein Bruder wütend in sein Zimmer stampfte.

Montag, 30. Mai

- Noch 12 Tage bis zum Schulfest -

Die Verfügungsstunde zog sich wie Kaugummi. Herr Wenz verlor kein Wort über Theos Verschwinden. Wahrscheinlich wusste er einfach noch nichts davon. Da in allen anderen Projekten alles anscheinend wie am Schnürchen lief, war heute wieder Poesie angesagt. Anna und Alexa waren beide von der Muse zum Thema »Frühling« geküsst worden, was zwei erstaunlich ähnliche Gedichte mit einer Fülle an Sonnenstrahlen, zwitschernden Vögeln und hoher Blumendichte hervorgebracht hatte.

Ich hatte grundsätzlich nichts gegen Gedichte – seit einigen Monaten lag sogar ein Taschenbuch mit Schillers Balladen auf meinem Nachttisch. Wenn ich mal nicht sofort wegratzte, sobald die Decke meinen Pyjama berührte, las ich eine davon und fand sie meistens auch ganz gut. Natürlich hatte ich niemandem davon erzählt. Meiner Familie nicht, um mir den hoffnungsvollen Glanz in den Augen meiner Eltern und das verächtliche Lächeln um den Mund meines Bruders zu ersparen. Kristine nicht, weil ich dann Gefahr lief, wochenlang unter Ignorieren meines Notendurchschnittes »Streberin« genannt zu werden. Das hatte

Kristine mir sogar vorgeworfen, als ich ihr erzählt hatte, dass ich im Theater gewesen war und es mir gefallen hatte. Dass es sich dabei um ein Hardrock-Musical in einer alten Fabrikhalle gehandelt hatte, war für sie kein Gegenargument. Egal. Jedenfalls, was Lyrik anging, war ich nicht von vornherein ablehnend eingestellt. Ich fand, dass man in Gedichten oft etwas entdeckte, was sonst nicht auszudrücken war.

Was aber nun Alexas und Annas Dichtkunst anging: Dass es im Frühling üblicherweise wärmer wurde, die gefiederten Freunde zu voller Stimmkraft zurückfanden und Blumen zu blühen pflegten, war mir bereits bekannt und blieb auch in Reimform ziemlich banal. Eine Meinung, mit der ich allerdings alleine dastand. In der gerade stattfindenden »Diskussion« hatte man angesichts der Lobesfülle das Gefühl, Alexa und Anna hätten die Jahreszeit soeben erfunden. Selbst Kristine war sich nicht zu blöd zu behaupten, beim Hören dieser Zeilen hätte sie »richtig Lust auf Frühling bekommen«. Dabei hasst Kristine wenige Monate so sehr wie März und April, weil da alles blüht, wogegen sie allergisch ist, und sie so verquollen aussieht wie ein Boxer nach einem Elf-Runden-K.-o. Ich schielte auf die Uhr. Noch zwanzig Minuten.

»Ich fand eure Gedichte auch sehr schön«, stellte Herr Wenz fest, nachdem die Diskussion endlich verebbte, wenngleich ich das Gefühl hatte, dass er im »schön« ein Gähnen versteckt hatte. Ein Knistern erfüllte die Luft im Klassenzimmer, was das Zeichen war, dass die Sekretärin gleich eine Durchsage machen würde.

»Liebe Schüler und vor allem Schülerinnen«, begann die ungewöhnlich gut gelaunt klingende Stimme unserer Schulsekretärin Frau Bader. »Ich freue mich, mitteilen zu können, dass die Renovierungsarbeiten an den Damentoiletten im Hauptgebäude abgeschlossen sind. Sie dürfen ab sofort wieder benutzt werden.«

Ein Raunen ging durch das Zimmer, abgelöst von einer Stille, die ich sonst nur aus der Kirche kannte. Nein, korrigierte ich mich, selbst da sitzt immer ein Neunzigjähriger, der gerade hustet. Herr Wenz schaute ratlos drein – ob nun angesichts der überraschenden Durchsage oder des fehlenden Programms für den noch beträchtlichen Rest der Stunde, blieb unklar.

»Dürfen wir sie uns angucken?«, durchbrach Alexa das Schweigen.

Liebes Tagebuch,
heute habe ich mich wieder gefragt, ob meine Wahrnehmung der Welt gesellschaftlich akzeptabel ist. Die Mädchenklos im Hauptgebäude sind wieder einsatzfähig, und klar freue ich mich, jetzt nicht mehr in der Fünfminutenpause zur Sporthalle zu wetzen. Aber, hey, es ist nur ein Klo! Für den Rest der Welt scheint es das größte Ereignis seit Erfindung des Buchdrucks zu sein. Wir haben ernsthaft eine - zugebenermaßen echt öde - Unterrichtstunde unterbrochen, um Toiletten zu besichtigen! Ich meine, geht's noch? Wir werden sie zukünftig Montag bis Freitag täglich ein- bis dreimal zu Gesicht bekommen. Es ist keine Sonnenfinsternis, auf die man Jahrzehnte warten muss.

Zuerst dachte ich, das wäre nun so ein Spleen von Alexa, dem die Klasse - wie so oft - schafherdenmäßig folgte, aber als Herr Wenz die Tür öffnete, zog schon die 7B feierlich an uns vorbei. Ich habe ja echt wenig Ahnung von der Bibel, aber ich musste sofort an den Auszug der Israeliten aus Ägypten denken. Nur wartete am Ende des Zuges nicht das Gelobte Land, sondern halt die Mädchentoilette. Die Besichtigung war erst nach zehn Minuten möglich, weil sogar ein Oberstufenkurs nicht das reguläre Stundenende abwarten konnte, um das Wunder zu beschauen. Irgendwann waren endlich auch die Damen unserer Klasse dran, und wir zogen hinein, es blieb aber weiterhin so verstörend seltsam, dass ich mich zwischendurch fest in den Arm zwickte. Ich musste ausschließen, dass ich gerade den ersten Traum meines Lebens träumte. Es war kein Traum.

Mit Ehrfurcht betrachteten meine Klassenkameradinnen die neuen Klobrillen in Mintgrün, strichen die gleißend hellen Kabinenwände entlang, als wären sie edle Seide und nicht lackierter Pressspan. Dann entfuhr Alexa und Anna gleichzeitig ein Jauchzen. Jetzt kann ich mit dem Wort „Verzückung" was anfangen, ausgelöst von der neuen Art, die Hände zu trocknen. Früher hatten wir ja nur einen Papierspender, aus dem man sich so graues Schmirgelpapier zupfte. Wenn der leer war, gab es einen weißen Kasten, der beim Anschalten hauptsächlich ein scheppernndes Röhren, aber auch ein bisschen warme Luft von sich gab, mit dem man den natürlichen Abtropfvorgang beschleunigen konnte. Jetzt haben wir so ein Ding in Silbermetallic, in das man seine Hände steckt, um die sich dann eine Art Luftbett legt. Okay, es sieht schick aus, und man kriegt damit vermutlich die Hände schneller trocken, ich hätte aber lieber den Röhrkasten behalten. Da konnte ich an Regentagen meine durchweichten Fransen drunterhalten. Wenn ich das bei dem neuen Ding mache, würde das so aussehen, als hätte ich Bulimie.

Alexa und Anna konnten sich aber gar nicht mehr einkriegen vor Begeisterung. Sie bestaunten das Ding, als hätten sie soeben den Heiligen Gral entdeckt. Als sie ihren Blick endlich von diesem Wunder losreißen konnten, lag in ihren Augen tranceartiger Frieden. Alexa war offensichtlich in einer Art religiösem Wahnzustand, denn sie legte Kristine ihre Hand auf die Schulter und sagte: „Als du die Toilette abgefackelt hast, hätte ich dich am liebsten umgebracht. Aber ich glaube, ich muss mich bei dir bedanken."

Kristine, die dumme Kuh, hat nie glücklicher ausgesehen als nach dieser Heiligsprechung.

Als ich endlich zu Hause war, hatte ich rasende Kopfschmerzen, und die sind nicht gerade dadurch besser geworden, dass ich Dich wieder zwanzig Minuten suchen durfte. Ich glaube, ich frage Papa mal nach diesen Kloppertabletten aus seinem Giftschrank.

Mittwoch, 1. Juni

- Noch 10 Tage bis zum Schulfest -

Liebes Tagebuch,
ich zitiere: „Da reicht eine Aspirin, aber besser, du gehst einfach ins Bett. Diese Sorglosigkeit im Umgang mit Schmerzmitteln wird sich eines Tages noch bitter rächen." Tja, bitter gerächt hat sich nur diese ärztliche Fehleinschätzung meiner Kopfschmerzlage am Montagabend. Ich konnte gestern kaum aus den Augen gucken, da war echt nix mit Schule. Als Papa dann doch seinen Wunderschrank geöffnet hat, war es schon zu spät.

Ich stehe heute noch völlig neben mir, aber immerhin zucken nicht alle paar Sekunden Lichtblitze durch mein Blickfeld, und der Kopf tut auch nicht mehr richtig weh, sondern fühlt sich eher an, als hätte man mir warmes Softeis in die Ohren gepumpt. Eigentlich ganz angenehm, aber heute Vormittag verharrten meine intellektuellen Fähigkeiten auf Drittklässlerniveau. Ich war nur noch fit genug, um den Fernseher einzuschalten. Jetzt weiß ich wenigstens, dass ich durch das tägliche Schulmartyrium fernsehtechnisch nichts verpasse. Um den mentalen Normalzustand wiederzuerlangen, war der TV-Marathon wahrscheinlich keine weise Entscheidung. In einer Dokusoap ging es um einen Mann, der schuhputzsüchtig war. In einer besonders erniedrigenden Szene bei einem Bewerbungsgespräch wienerte der Mann dem zukünftigen Arbeitgeber aus heiterem Himmel die Treter und sabberte dabei.

Na ja, Kristine kommt gleich vorbei, dann habe ich wieder einen Einblick in echtes Leben und normale Sorgen.

Es wundert mich ein bisschen, dass Krissi so scharf auf einen Krankenbesuch ist. Sie neigt sonst eher zu übertriebener Vorsicht. Okay, nennen wir es beim Namen: Sie neigt zu namenloser, hypochondrischer Panik. Als ich das letzte Mal mit laufender Nase in der Schule war, hat sie sich ständig das Löschpapier aus dem Rechenheft vors Gesicht gehalten. Ich fand das lustig, aber als Graf Zahl sie das dritte Mal gefragt hat, was sie da macht, habe ich ihr verraten, dass Heuschnupfen nicht ansteckend ist. Hat sie nicht weiter beeindruckt, da sie meinte, dass ich ja gar nicht wissen könne, ob da nicht ein echter Schnupfen drunter lauert. Keine Ahnung, ob sie bei Migräne weiß, dass sie nichts zu befürchten hat, oder sich entschieden hat, sich ihren Ängsten zu stellen. Wir werden sehen.

Pünktlich um vier klingelte es an der Tür. Ich öffnete und schaute überrascht auf die Uhr, als tatsächlich Kristine davorstand.

»Hast du den Körper mit Popelino getauscht oder wie kommt das jetzt?«, fragte ich lachend.

Sie murmelte nur irgendwas davon, dass sie mich nicht warten lassen wollte, und trat ein. Es ging noch seltsamer weiter. Sie hatte Krankengeschenke dabei, neben einem großen, verpackten Etwas auch noch Pfefferminztee und ein Netz Orangen. Von beidem hatte ich noch nicht gehört, dass sie etwas mit dem Krankheitsbild Migräne zu tun hatten, aber die gute Absicht rührte mich. Ich machte uns eine Kanne Tee, und wir stiefelten in mein Zimmer, während ich versuchte, Kristine einen Bericht über die letzten Tage aus der Nase zu ziehen, wobei sie sich unüblich wortkarg gab. Statt zu fragen, was los war, packte ich das Geschenk aus.

»Die Nacht erwartet Dich«, schrie es mir unter dem Geschenkpapier entgegen. Krissis erstes Plakat, darunter drei weitere, echt coole Tafeln für unser Projekt.

»Eine große Dunkelheit wird kommen …«, »Bist Du bereit für The N-Experience?« und – mein Favorit – »N ist mehr als N. The N-Experience«.

Ich lobte Kristine über den grünen Klee für die tollen Sprüche, die gelungene grafische Gestaltung, was sie geradezu gequält über sich ergehen ließ. Dann fragte ich – noch völlig unvorbereitet –: »Aber wieso schenkst du mir das? Es ist doch unser Projekt.«

Kristine starrte auf den Boden.

»Es ist mein Abschiedsgeschenk«, sagte sie dann.

Auch wenn es medizinisch ein ebenso bedenkliches wie in meinem Alter völlig unwahrscheinliches Ereignis darstellte, war ich mir sicher, dass mein Herz einige Sekunden das Schlagen einstellte, weil alle Energie in meinem Kopf benötigt wurde. In einem Affenzahn ratterte mein Hirn Dutzende Möglichkeiten ab, was Krissi wohl meinen könnte, bis ich einfach mal »Bist du krank? Zieht ihr weg?« als plausibelste Vermutungen hervorstieß.

Sie schüttelte in Zeitlupe den Kopf.

»Kristine, was ist los? Was soll der Schwachsinn mit Abschiedsgeschenk?«

Es entstand wieder eine dieser gruseligen Gesprächspausen, die gar nicht zu Kristine passten.

»Ich … wurde gefragt, ob ich nicht lieber bei einem anderen Projekt mitmachen möchte …«, begann sie.

»Vom Wenz? Das sagt er doch seit Wochen mehr oder weniger deutlich und da hast du nicht drauf reagiert.«

Kristine rollte die Augen. »Doch nicht vom Wenz. Von Alexa!«

»Häh?« Ich verstand nur Bahnhof. »Du warst doch in der Gruppe von Alexa. Du warst die Spülkraft. Hat das jetzt plötzlich mehr Reiz für dich, oder warum ist das ein Grund, dich zu verabschieden?«

»Sie wollen mich nicht zum Spülen. Das wird zwischen allen aufgeteilt. Sie wollen von mir Bilder. Ich soll Alexas Gedichte grafisch umsetzen.«

»Herzlichen Glückwunsch«, sagte ich, »Alexa weiß wirklich, wie man Dankeschön für einen neuen Handtrockner sagt.«

»Du bist blöd«, sagte Krissi. »Sie fand mein Plakat gut, deswegen hat sie mich gefragt.«

»Bist du so naiv oder tust du nur so?«, fragte ich. »Wir sind seit fast drei Jahren mit Alexa in einer Klasse. Kunst ist das einzige Fach, in dem du manchmal eine Eins hast. Dass du das kannst, ist kein Geheimnis. Aber sie fragt dich erst, nachdem du ihr eine Hightech-Toilette besorgt hast.«

»Ist doch völlig egal, weshalb sie mich gefragt hat.« Kristine wurde lauter. »Sie hat gefragt und ich will es machen. Das ist die Chance für mich.«

»Chance auf was jetzt genau?«

»Endlich mal … zu zeigen, was in mir steckt. Nicht nur die blöde Kuh vom Dienst zu sein.«

»Du bist nicht die blöde Kuh vom Dienst«, sagte ich.

»Doch, und das weißt du auch genau.«

»Ja, ich weiß das genau. Ich bin nämlich auch Teil unserer kleinen Herde. Aber ich schleime mich nicht ausgerechnet an die ran, die mich zur blöden Kuh gemacht haben.«

Kristine stand auf und wischte sich imaginären Staub von der Hose.

»Weißt du, was«, sagte sie langsam, während sie ihren Blick hob, um mich anzuschauen. »Vielleicht muss man dich gar nicht erst zur blöden Kuh machen. Vielleicht bist du einfach eine blöde Kuh.«

Ich nickte und betrachtete den Boden. Da lag mein liebes Tagebuch, und ich fragte mich, wann ich es dahin geworfen hatte.

»Am besten, du gehst jetzt«, sagte ich. Als ich aufblickte, merkte ich, dass Kristine gar nicht mehr da war.

Ich noch mal.

Das heißt ja normalerweise nix Gutes.

Tja.

Und:

Es ist nix Gutes.

Es ist eine Katastrophe. Es ist ganz große Scheiße. Es ist Verrat. Es ist das Ende einer Freundschaft, was ja so schon schlimm genug wäre. Aber wenn man nur eine Freundin hat - hatte -, ist es der Untergang.

Durchatmen. Sortieren. Rotz und Tränen aus dem Gesicht wischen ... so, besser. Nein, nicht besser. Nur sauberer. Gott, schreibe ich einen Käse.

Nee, es geht einfach nicht. Ich kann jetzt nicht schreiben. Ich kann ja nicht mal mehr denken.

Ich will eigentlich nur noch heulen. Und dann weiterheulen.

Ich weiß nicht, ob ich jemals wieder damit aufhören kann.

Freitag, 3. Juni

- Noch 8 Tage bis zum Schulfest -

Insgeheim hatte ich gehofft, dass Kristine nach einem Tag Eiszeit in der Schule die dazwischenliegende Nacht zum Denken nutzen würde und zur Projektstunde wieder im Boot wäre. Doch als sie am Freitagmorgen wieder genau zur Anfahrt des Schulbusses scheinbar aus dem Nichts an der Haltestelle eintraf, verpuffte diese Hoffnung endgültig.

Kristine entschied sich zielsicher für einen Stehplatz in der Mitte. Der Platz neben mir blieb leer, bis sich am nächsten und letzten Einsteigepunkt der Strecke ein kaugummikauender Fünftklässler darauf warf, der mit einem Mördertempo Wörter in sein Smartphone tippte. Anscheinend wusste der Kerl nicht, dass er sich neben die unberührbare Irre aus der Siebten geknallt hatte. Der Junge schob sich sein Telefon in die Hosentasche und musterte gelangweilt die nähere Umgebung. Sein Blick blieb an mir hängen, und mit einem »Ach, du Scheiße!« sprang er auf und stürmte nach hinten, wo er bereits mit dem Gesang »Ricos neue Freundin! Ricos neue Freundin!« begrüßt wurde. Ich schaute mich zu Kristine um, doch die blickte starr aus dem

Fenster, als wollte sie sich die morgendliche Busroute auf ewig ins Gedächtnis brennen.

Im Unterricht blieb ihr nichts anderes übrig, als neben der bisherigen Freundin zu sitzen. Wir ignorierten uns, so gut es ging. Noch nie hatten wir so viel Lernstoff am Stück mitbekommen.

Zum Pausenklingeln fuhr Kristine wie angestochen in die Höhe und verschwand aus der Tür.

Auf dem Hof sah ich sie nur von Weitem. Immerhin war ich in der Pause beschäftigt, nämlich damit, mich vor Veronika, Sara und Carsten zu verstecken. Ich hatte nämlich tierisch Angst davor, den anderen zu beichten, was passiert war. Was natürlich extrem albern war. Ich konnte es ja so oder so nicht ändern.

Nach der sechsten Stunde war es dann so weit. Ich schlich in den Keller. Als ich nach der Treppe um die Ecke bog, standen Sara und Veronika vor mir.

»Wir sollen auf den Parkplatz kommen«, sagte Sara.

»Sagt wer?«, fragte ich.

»Carsten. Ich habe es auch nicht ganz verstanden, aber sein Papa ist hier und hat irgendwas von ›Heute ist Weihnachten‹ erzählt.«

»Okay«, sagte ich.

Mir war alles recht, was die Nachricht von den neuesten katastrophalen Entwicklungen aufschob.

Am Ausgang des Schulgebäudes rannten wir direkt Herrn Wenz in die Arme. Er schaute mich streng an.

»Elisabeth«, sagte er, »dass ich dir das Privileg eines eigenen Schlüssels eingeräumt habe, bedeutet nicht, dass jetzt alle Regeln außer Kraft gesetzt sind. Was genau war denn eigentlich so unklar an meiner Auskunft zum Thema Aufenthalt während der Projektzeit?«

»Sie ist im zugewiesenen Projektraum zu verbringen, ich weiß«, antwortete ich. »Aber ...«

»Aber für alle anderen gilt das auch nicht!«, schrie es plötzlich hinter mir. Ich drehte mich erschrocken um. Veronika stand da wie ein Sumoringer in Kampfposition.

»Die treffen sich ständig im Café, beim Döner oder im Kirchpark. Aber nur bei uns machen Sie darum so ein Gewese.«

Herr Wenz schaute sie an, als hätte er es nicht für möglich gehalten, dass das dicke Mädchen sprechen konnte.

»Meine Mama ist übrigens Vorsitzende vom Freundeskreis der Schule«, sagte sie jetzt weniger laut. »Die findet das bestimmt interessant, wie unterschiedlich Schüler hier behandelt werden.«

»Die anderen Projektgruppen fragen aber um Erlaubnis, bevor sie das Schulgelände verlassen«, sagte Herr Wenz mit etwas zittriger Stimme, die ich fast so schön fand wie den Anflug von Röte, die sein Gesicht überzog. Ich genoss den Anblick noch ein paar Sekunden, bevor ich wieder redete.

»Dann bitten wir um Erlaubnis, das heilige Schulgelände verlassen zu dürfen, um was vom Parkplatz zu holen. Da wartet nämlich Herr Geisen auf uns.«

Herr Wenz atmete einmal tief durch und nickte dann. »Gut. Klar. Macht das.«

Eiligen Schrittes ließ er uns hinter sich. Wir liefen weiter.

»Kann es sein, dass du gerade meinen Klassenlehrer erpresst hast?«, fragte ich Veronika.

»Meine Schokolade war alle«, sagte sie.

Auf dem Parkplatz lud Carsten unter Ächzen mit seinem Vater gerade einen monströsen Glasschrank aus einem Transporter. Sein vor Anstrengung roter, schweißbeperlter Kopf ließ ihn noch nerdiger aussehen als sowieso schon. Ich schaute ihn fragend an, aber er konnte vor lauter Anstrengung nicht reden. Das übernahm sein Vater, der fröhlich aus dem Laderaum hüpfte.

»Hallo, Elisabeth!« Herr Geisen schüttelte meine Hand. »Du guckst genauso wie mein lieber Herr Filius, als ich ihn nach der Schule überrascht habe! Aber da euch meine Nachtsichtgeräte so gute Dienste geleistet haben, dachte ich, da bringe ich euch noch ein bisschen mehr Material vorbei. In meiner Dienststelle findet gerade das große Ausmisten statt, und bevor das alles auf den Müll kommt, ist es für euch vielleicht noch von Nutzen.« Er schaute auf die Uhr.

»Apropos Dienststelle. Das war mal eine lange Mittagspause! Aber nach zwanzig Jahren darf ich das! Das schafft ihr doch alleine, oder?«

Ich betrachtete den Schrank und die danebenstehenden, nicht viel leichter aussehenden Kisten und hatte erhebliche Zweifel. Passenderweise lief aber gerade el Wenzo zu seinem Auto und tat so, als hätte er uns nicht bemerkt.

»Juhu, Herr Wenz«, rief ich, »können Sie uns hier noch kurz helfen?«

Bevor mein Klassenlehrer eine Ausrede erfunden hatte, hing Herr Geisen schon an seiner Hand und schüttelte sie enthusiastisch.

»Das sind die Lehrer, die wir als Kinder nie hatten!«, rief er voller Dankbarkeit. »Echte Vollblutpädagogen, die mehr im Kopf haben als nur Pensionsansprüche und Feierabend! Guter

Mann!« Er klopfte dem verdatterten el Wenzo auf die Schulter und hüpfte zu seiner Fahrertür wie ein mutierter Osterhase. Unter dreimaligem Hupen fuhr er an und winkte uns fröhlich zu.

»Entschuldigung!«, schnaubte Carsten, der noch immer stark infarktgefährdet wirkte. »Seit sie ihm die neuen Tabletten verschrieben haben, ist er ein bisschen überdreht.«

Nachdem ich mich so oft beim Wenz bedankt hatte, dass mit Sicherheit angekommen war, dass ich es nicht ernst meinte, schloss ich die Tür des Projektraumes.

»Was ist das für ein Zeug? Vor allem das hier?« Ich klopfte an den gläsernen Schrank.

»Eine Vitrine«, erklärte Carsten, »die stand bei denen früher in der Kantine. Guck, da unten kann man Lampen reinmachen. Dann sieht man die angebotenen Gerichte besser.«

»In einem Dunkelrestaurant?«, fragte Veronika.

»Ich sag doch, er hat neue Tabletten«, herrschte Carsten sie an.

»Und was haben wir da?«, fragte ich und zeigte auf die herumstehenden Kartons.

»Das ist eigentlich ganz cool«, sagte Popelino, »eine Tonanlage mit allem Drum und Dran. Sieben Lautsprecher! Scheinwerfer! Programmierbares Mischpult! Mikrofon! CD- und MP3-Player!«

»Also, Musik finde ich ja gut, aber ich glaube, da tut es auch so ein kleines Ding, das bei uns in der Küche steht.«

»Ja, das geht natürlich auch.« Carsten zuckte enttäuscht mit den Schultern. »Aber bei dem Ding könntest du mit dem Mikro jeden Lautsprecher einzeln ansteuern.«

»Das … ist super«, sagte ich. Mir fiel gerade ein, dass ich noch eine Hiobsbotschaft zu übermitteln hatte und daher positive Formulierungen von Vorteil waren.

»Okay«, sagte ich, »setzt euch bitte alle mal hin, ich muss euch was sagen.«

»Halt«, rief Sara. »Kristine fehlt noch!«

»Setzt euch erst mal hin«, begann ich.

Samstag, 4. Juni

- Noch 7 Tage bis zum Schulfest -

Liebes Tagebuch,
ich war vor zwei Jahren mit Mama im Kino in einem sterbenslangweiligen Film über eine Schriftstellerin in der Sinnkrise. Zwei Drittel des Streifens (gefühlte drei Jahre) war die gute Frau einfach scheiße drauf, rauchte im Bademantel Kette, heulte und hielt permanent ein Weinglas in der Hand (dessen Pegel sich gerne zwischen den Schnitten veränderte - man merkt, wie viel Zeit ich hatte). Auch wenn ich nicht rauche, saufe und seit meinem fünften Lebensjahr keinen Bademantel mehr anhatte, habe ich jetzt eine ungefähre Vorstellung, was mir dieser Film sagen wollte.

Nachdem wir Herrn Geisens Sperrmüll in unser Kellerloch geschafft hatten, durfte ich die frohe Kunde über Kristines rasanten Aufstieg an den Mann bringen. Ich hatte auf ein bisschen positive Unterstützung gehofft - so was wie „Das schaffen wir trotzdem!" oder „Kein Grund zur Panik!" oder so -, aber drauf gefurzt.

Veronika fing an zu heulen und gluckste: „Ich will nicht in die alte Gruppe", Popelino meinte: „Da wird sich Herr Wenz ja freuen, dass wir gescheitert sind." Das Aufmunterndste war noch Saras leise vor sich hin geflüstertes „Gott prüft die Geplagten am schwersten".

Dem Wenz habe ich natürlich noch nichts erzählt. Aber Popelino hat recht: Eigentlich können wir unseren Kram direkt zusammenpacken, darum beten, dass niemand unser Startkapital zurückwill, und hoffen, dass die Jobs an der Spüle oder als lebende Reklametafel noch nicht vergeben sind. Wir haben uns darauf geeinigt, dass wir am Montag eine letzte Krisensitzung nach der Schule machen, aber prinzipiell könnten wir auch sofort die Zelte abbrechen. Das Projekt ist am Ende.

Vielen Dank, Onkel von Arif! Vielen Dank, Zeugen Jehovas! Vielen Dank, Papa von Theo! Und natürlich: Vielen Dank, Kristine. Ihr habt uns gezeigt, wie das Leben läuft.

Ich finde es echt schade, dass ich keine Alkoholikerin und auch bei Kristines Rauchprojekt nicht eingestiegen bin, dann hätte ich jetzt was zu tun außer die Decke anstarren. Eigentlich wollte ich in den Wald gehen, aber selbst das schaffe ich nicht. Na ja, wenigstens bin ich drei Tage ungeduscht, um meinen schlechten Gefühlszustand zu demonstrieren. Mich mit Schokolade vollzustopfen, hatte ich auch vor, doch dummerweise sind nur noch Mon Chéri da. Mittlerweile elf Schachteln, weil keiner von uns Omas Standardgeschenk mag. Ich wollte auf Nutella ausweichen und hatte den Löffel auch schon in der Hand, als ich merkte, dass Max mir zuvorgekommen war.

Boah, ich muss mein „Nie wieder duschen"-Projekt sofort aufgeben. Ich stinke. Aber dann lieber Badewanne. Drei Stunden, Minimum. Und im Keller steht noch ein Kasten Cola von der letzten Familienfeier. Man muss nehmen, was man kriegen kann, wenn Körper und Seele nach Zucker schreien.

Unter dem besorgten Blick meiner Mutter schlurfte ich nach meinem Bademarathon in die Küche. Ich sah aus wie eine verschrumpelte Untote, die sich in einen Yeti verwandelte, was daran lag, dass ich die lustigen Hausschuhe in Form von Eisbärentatzen trug. Ein Geschenk zum zwölften Geburtstag, das bislang niemals das Licht außerhalb meines Kleiderschranks erblickt hatte.

»Hallo, Elli«, flötete meine Mutter eine Spur zu fröhlich. So ganz konnte sie ihren Schrecken über meinen Anblick nicht kaschieren.

»Ja«, sagte ich und zog den Kühlschrank auf. Meine geschwollenen Augen weiteten sich, als sie eine Fünferpackung Milka entdeckten. Mit entschlossenem Blick entzog ich sie ihrem kalten Gefängnis.

Ich schälte eine Tafel wie eine Banane und biss ein großes Stück ab.

»Oh, da hat aber jemand Hunger«, sagte Mama. »Soll ich dir vielleicht lieber ein bisschen Gulasch von gestern warm machen?«

»Geht schon«, sagte ich und betrachtete nachdenklich die Bissspuren auf der zügig schrumpfenden Schokolade. »Wo war die eigentlich vorhin?«

»Bis vor einer halben Stunde im Supermarktregal, dann zehn Minuten im Kofferraum. Ich war gerade einkaufen.«

»Hmhm«, grunzte ich.

Mama stellte eine Tasse in den Vollautomaten und drückte eine Taste. Die Maschine erwachte zu Kaffee spendendem Leben.

»Sonst gehst du am Wochenende nie einkaufen«, meldete ich mich wieder zu Wort.

Meine Mutter setzte sich mit der dampfenden Tasse an den Tisch. »Elli, ist alles in Ordnung mit dir? Es freut mich ja, dass dich mein ungewöhnlicher Tagesablauf so interessiert, aber irgendwas stimmt doch nicht.«

»Alles super«, schmatzte ich und knüllte das Papier zusammen. »Ich geh jetzt in den Wald.«

Ich war so neben der Spur, dass ich ganz nebenbei mein Waldgeheimnis verraten hatte.

Nach einer Stunde gestand ich mir ein, weshalb ich scheinbar ziellos zwischen den Bäumen umherstapfte. Ich suchte die Wurzel. Als ich sie endlich gefunden hatte, ließ ich mich stöhnend zwischen die holzigen Armlehnen fallen und atmete tief durch. Ich betrachtete das satte Grün der Baumkronen und ließ mich von der dazwischen funkelnden Sonne blenden.

Was für ein wunderschöner Tag, dachte ich, und gleich darauf, dass das völlig egal war. Irgendwo hämmerte ein Specht. Sonst war es still.

»Na?«, sagte ich. »Anmerkungen? Kommentare?«

Der Specht setzte seine Tätigkeit kurz aus und machte dann unverdrossen weiter.

»Wäre ja auch ein Wunder gewesen«, flüsterte ich. Ich lehnte mich zurück und schloss die Augen.

»Du hast doch nur Schiss«, stellte die Wurzel fest.

»Klar hab ich Schiss. Ich habe mit großem Trara ein eigenes Nerd-Projekt zum Laufen gebracht und darf am Montag bekannt geben, dass wir Idioten es doch nicht gebacken kriegen.«

»Ich finde, du bist einfach nur unflexibel«, antwortete die Wurzel.

»Ach ja, ich bin unflexibel?«, empörte ich mich. »Ich habe Veronika und Popelino und natürlich auch mich endgültig in den Untergang getrieben und du kannst nur meckern. Ich habe keine Ahnung, warum ich unbedingt zu dir zurückmusste.«

Ich stand auf und wischte mir die krümelige Erde vom Hintern.

»Mit dem eigenen Schiff untergehen hat mehr Glamour, als in den Rettungsbooten des Feindes ausgelacht zu werden«, redete die Wurzel unbeirrt weiter. Ich stapfte los. »Und noch was«, hörte ich hinter mir.

»Was denn?«, fauchte ich und drehte mich um.

»Dass plötzlich Schokolade im Haus ist, wenn du sie am dringendsten brauchst, ist wirklich seltsam. Darüber sollte Mademoiselle Carbon noch mal intensiver nachdenken, wenn sie mit ihrem Gejammere und Selbstmitleid durch ist.«

Montag, 6. Juni

- Noch 5 Tage bis zum Schulfest -

Nach einer weiteren einsamen Fahrt im Schulbus fürchtete ich mich regelrecht vor dem nächsten Unterrichtstag, an dem zwischen mir und der treulosen Sitznachbarin eine für das menschliche Auge unsichtbare Eiswand stand. Aber es sollte anders kommen. Kaum hatte ich mich gesetzt, kam Kira Eberswalder auf mich zu und warf mit steinerner Miene ihre Tasche auf Kristines Pult. Sie trug ein rot gebatiktes T-Shirt und sah aus, als hätte sie bei einem schweren Autounfall auf dem Rücksitz gelegen. Entschlossen zog Kira den Stuhl zurück und warf Alexa beim Setzen einen missmutigen Blick zu. Ich schaute ebenfalls zu Alexa, die Kira – einem eher zweitrangigen Mitglied ihrer Clique – ein gütiges Nicken schenkte. Ich schwenkte weiter zu Dominik, der entweder gar nicht gemerkt hatte, dass plötzlich Kristine neben ihm saß, oder dem es egal war. Er starrte auf sein aufgeklapptes Mäppchen, in dem – wie jeder außer dem Lehrpersonal wusste – sein Smartphone und damit der Zugang zu einer aufregenderen Welt lag. Kristine hatte sich zu Janine gedreht, die offensichtlich sehr angetan den Stoff von Krissis neuem Halstuch befingerte. Kira prüfte mittlerweile unglaubwürdig intensiv ihre Geometrie-Hausaufgaben. Schon ein kurzer Blick reichte, um festzustellen, dass ihre Zeichnungen doch ziemlich anders aussahen als das, was hoffentlich für immer in meinem Matheheft verborgen blieb.

»Bist du strafversetzt worden?«, fragte ich.

»Hm?«, erwiderte Kira, die wahrscheinlich nur Zeit für eine Antwort schinden wollte.

»Hast du irgendwas getan, weshalb Alexa dich verstößt? Katze überfahren? Den Kajal zerbrochen?«, formulierte ich freundlicherweise etwas ausführlicher.

Kira lachte falsch (vermutlich, um nicht in Tränen auszubrechen) und gab dann brav weiter, was sie weitergeben sollte. »Alexa hat den Eindruck, dass du und Kristine euch gerade nicht guttut, und da wollte ich natürlich helfen.«

»Natürlich«, sagte ich.

Die Verfügungsstunde nahte. Ich überlegte immer noch, ob ich el Wenzo vorher abfangen sollte, um zu verhindern, dass die Bombe vom Scheitern meines Dunkelrestaurants spektakulär mitten im Unterricht platzte. Oder sollte ich doch lieber darauf hoffen, dass es gar nicht zur Sprache kam? Ich konnte den Vortrag zum Thema »Die Unterschiede zwischen Selbstständigkeit und Eigenwilligkeit« oder auch einfach nur »Warum nicht jeder Plan ein guter Plan ist« schon förmlich hören.

Ich hatte zu lange überlegt. Die Tür öffnete sich bereits. Ich schloss die Augen.

»Bonjour!«, erklang eine wohlbekannte Stimme, die für den Wenz allerdings zu verraucht und vor allem zu weiblich war.

Es war Madame Eiffler. »Dans la maison de votre professeur a malheuresment brulé. Il es urgent de chercher la raison. Et nous venons de continuer notre petit jeu de rôle d'avant.«

Auch wenn ich streng genommen nur »Haus« verstanden hatte, war mir trotzdem klar, dass die Offenbarung sich verschob.

Carsten, Veronika und Sara warteten wie immer vor dem Projektraum. Ich fühlte einen Stich im Herz, als mir auffiel, wie leise es im Zimmer war, wenn Kristine, Arif und Theo fehlten.

»Habt ihr es euren Klassenlehrern schon gesagt?«, durchbrach ich das Schweigen.

»Ich finde, ich muss es Frau Kehring nicht sagen«, antwortete Sara. »Ob ich nun bei euch oder den anderen wegen Krankheit ausfalle, ist doch egal.«

Veronika schaute zu Boden. »Ich wollte noch warten, ob uns vielleicht doch noch was einfällt. Oder Kristine zurückkommt.«

»Und ich wollte erst mal fragen, ob ihr vielleicht den ganzen Schrott von meinem Papa zwischenlagern könnt«, sagte Carsten. »Mein Vater ist auf Dienstreise und meine Mutter fährt nur Fahrrad.«

Ich betrachtete unser Material. Die Stellwände. Die Tonanlage. Das Lichtsystem. Die beleuchtbare Vitrine.

»Oh Mann«, flüsterte ich, »so viel Zeug und man kann nichts damit machen.«

Carsten war gekränkt.

»Damit kann man 'ne Menge machen«, widersprach er. »Nur kein Dunkelrestaurant ohne ausreichend Personal.« Er zupfte sich einen Hautfetzen von der Nase und verspeiste ihn nach einem kritischen Blick.

»Können wir nicht was anderes machen?« Veronika suchte verzweifelt nach dem letzten Funken Hoffnung.

»Das Schulfestprogramm ist draußen«, sagte Sara, »da steht das Projekt schon so drin.« Sie wühlte einen Zettel aus ihrem Ranzen und reichte ihn Veronika.

»The N-Experience«, las Veronika mit zittriger Stimme vor.

Ich nahm ihr das Programm aus der Hand. Tatsächlich. Als letzten Punkt hatten sie noch den Namen unseres Projektes und den Veranstaltungsort auf die Seite gequetscht.

Popelino schaute mir über die Schulter.

»Super«, sagte er. »Alle anderen Projekte haben einen kurzen Werbetext, nur unseres nicht. Na ja, so kann man uns wenigstens unauffälliger durchstreichen.«

Ich hörte es in meinem Kopf mehrfach klicken. Aber vielleicht war es doch das Geräusch der schlecht geölten Türklinke.

Kristine kam herein.

Guten Abend, Tagebuch,

eigentlich bin ich zu erschossen, um jetzt noch was zu schreiben, aber morgen früh ist das garantiert auch nicht besser. Deshalb bin ich besonders froh, dass ich Dich ausnahmsweise mal auf Anhieb gefunden habe, weil ich so wenigstens vor Mitternacht in die Kiste komme.

Rat mal, wer heute Stargast unserer Krisensitzung (die eigentlich den Auflösungsbeschluss unserer Gruppe darstellen sollte) war? Ach, was für ein Quatsch, das eigene Tagebuch zu fragen.

KRISTINE GÄRTNER!

Ja, genau, Verräter-Kristine. Kam herein, sagte Hallo und hielt einen Vortrag über „Gebote der Fairness", der wohl kaum aus ihrer eigenen Feder stammte. Sagen wir es mal so: Hätte es sich gereimt, hätte man Alexas Urheberschaft noch deutlicher erkannt.

Na ja, aber Schwamm drüber: Ein Gebot der Fairness ist laut Kristine, dass sie uns nun doch nicht völlig hängen lässt. Sie wird uns ein bisschen unterstützen in Sachen Spülküche (wahrscheinlich, weil die so schön versteckt ist). Um Missverständnissen vorzubeugen - das hat natürlich nichts mit Fairness zu tun. Die Mädels haben wohl Bammel gekriegt, dass der Wenz in einem Anfall von gesundem Menschenverstand doch was gegen diese kurzfristige Absage hat und Kristine zum Verbleib im Losertrupp zwingt. Deshalb bleibt Kristine natürlich eine Verräterin und wird nie wieder einen Blick oder einen Anruf oder gar die Hausaufgaben von mir kriegen. Dafür hat sie ja jetzt bessere Quellen.

Aber egal, immerhin ist unser Personalengpass Vergangenheit - denn wer ruft schicksalhafterweise nach Kristines Rede an? Theo. Es hat sich einigermaßen eingerenkt bei seinen Eltern. Seine Mutter muss noch ein paar Sachen regeln, aber am Wochenende wird die Familie wieder vereint - zumindest testweise. Wir sind wieder obenauf. Jetzt müssen wir nur noch den ganzen Technikkram von Carstens Vater sinnvoll verwursten. Damit habe ich heute den ganzen Tag zugebracht und werde das auch die nächsten Tage noch tun. Ich hoffe, meine Mutter zieht daraus keine falschen Schlüsse über ein Liebesleben mit Popelino. Das wäre eine sehr unerwünschte Nebenwirkung.

So, Zeit ins Bett zu robben. Mich erwarten noch einige arbeitsreiche Tage.

Mittwoch, 8. Juni

- Noch 3 Tage bis zum Schulfest -

Es war vierzehn Uhr und wir hatten eine außerplanmäßige Kellerlochsitzung anberaumt. Bis auf Teile der Oberstufe war niemand mehr im Schulhaus außer Hausmeister Fickenback, dessen Existenz mittlerweile so fraglich war, dass er vielleicht schon mit den Füßen in einer Betonwanne auf dem Grunde des Stausees vor der Stadt lag. Unheimliche Ruhe lag über dem ehemaligen Sprachlabor im Keller. Unser jämmerlicher vierköpfiger Rest Projektgruppe kniete in völliger Konzentration neben der auf dem Boden liegenden Vitrine. Carsten hatte seiner Mutter tatsächlich eine Radpartie in den Baumarkt und den Kauf von winzigen Speziallampen aus den Rippen geleiert, die wir nun an den richtigen Stellen in die einzelnen Fächer eindrehten.

»Warum ist Kristine noch mal gekommen?«, unterbrach Veronika die Stille.

»Hm?«, sagte ich, voll konzentriert auf die letzte Glühbirne.

»Ihr Auftritt gestern. Das war doch total unnötig.«

»Ach, das«, meinte ich. » Das war nur ein Versuch, ihr schlechtes Gewissen loszuwerden, von dem sie sich wahrscheinlich einredet, dass sie es nicht hat. Kristine ist zwar manchmal etwas seltsam«, Popelino murmelte ein »Das kannst du laut sagen« dazwischen, »aber sie ist nicht dumm. Natürlich weiß sie, dass es unmöglich ist, uns sitzen zu lassen, und sie weiß auch, dass sie ihre Seele für den Aufstieg in eine bessere Clique verkauft hat. Aber weil sich das keiner eingesteht, versucht sie verzweifelt, ihre niederen Beweggründe als höhere Ziele zu verkaufen.«

Carsten sprang auf und rannte zu dem aufgeklappten Laptop, der unter der Tafel stand. Veronika schaute ihn fragend an. Er rollte die Augen. »Ich schreib das mit niederen Beweggründen auf. In der fünften Klasse weiß man noch nicht, was ein kluger Satz ist, aber vertraue einem, der vierzehn Jahre Lebenserfahrung hat: Das war einer.«

»Echt?«, fragte ich. »Ich glaube, den habe ich von meiner Mutter.«

»Macht nix«, sagte Carsten und tippte weiter auf der Tastatur herum. »Seid ihr fertig mit den Lampen? Dann stellt das Ding mal auf, ich will sehen, ob es funktioniert.«

Veronika, Sara und ich befolgten seinen Befehl, ebenso den nächsten, der lautete: »Fenster verdunkeln. Licht aus.« Der Laptop strahlte in der Finsternis Carstens Gesicht an, sodass er aussah wie ein Filmbösewicht kurz vor Übernahme der Weltherrschaft. Die teuflische Erhabenheit des Bildes wurde allerdings empfindlich gestört durch seinen Zeigefinger, der Richtung Nase wanderte.

»Carsten!«, rief ich. »Erspar den Mädels diesen Anblick!«

Ein Hauch von Schuldgefühl glitt über Popelinos Gesicht, als seine Hand die Rückreise antrat. »Okay«, murmelte er und drückte Enter.

Ein Licht flammte in der Mitte der Vitrine auf. Die restlichen acht Fächer blieben dunkel.

»Das klappt schon mal.« Popelino tippte weiter.

Das Licht in der Mitte erstarb, dafür strahlten nun die Fächer in den Ecken.

»Und jetzt der Härtetest.« Wieder huschten Carstens Finger über die Tastatur, dann trat er zu uns und betrachtete den Schrank.

Klick.

Nur die mittleren drei Fächer waren beleuchtet.

Klick.

Zwei in der Mitte, eins oben links, eins unten rechts.

Klick.

Nur die linken Fächer leuchteten.

Klick.

Sechs Fächer bildeten ein leuchtendes Smiley.

Sara kicherte.

»Ich habe keine Ahnung, was wir damit anfangen«, sagte ich, »aber es ist cool. Machen wir jetzt das mit den Boxen?«

Carsten schaute auf die Uhr. »Um vier wird hier alles dichtgemacht. Aber das schaffen wir noch.«

Liebes Tagebuch,

wir waren heute Abend noch bei Carsten und es ist ziemlich spät geworden. Veronika und Sara haben wir außen vor gelassen, die haben ja beide so überbesorgte Eltern. Außerdem taugen sie dann am Freitag als Testobjekt für unsere neuen Ideen. Da sind schon ein paar Knaller dabei. Anfangs dachte ich ja, Popelinos Daddy hätte unseren Projektraum als Sperrmüllhalde entdeckt, aber mit dem Kram lässt sich wirklich so einiges für unser Dunkelrestaurant machen. Bei Carsten haben wir stundenlang an unserem Sound-Design gearbeitet. Wir haben dabei völlig die Zeit vergessen, bis eine panische Mama anrief und dann Papa zum Abholen vorbeischickte. Der lächelte die ganze Zeit so wissend, dass mir immer noch schlecht wird, wenn ich dran denke. Aber vielleicht habe ich auch nur Hunger. Ich schleiche noch mal runter und teste an unserem Kühlschrank, ob die These stimmt.

Gott, es ist halb eins. Das wird ein hartes Aufstehen.

Freitag, 10. Juni

- Noch 1 Tag bis zum Schulfest -

Um 13:20 Uhr hatte Veronika als Letzte den Probelauf absolviert. Diesmal hatte alles geklappt. Die Lichter waren so angegangen, wie sie sollten, die Wände standen richtig, und endlich war der Ton auch aus den korrekten Boxen gekommen. Carsten lächelte zufrieden und ich klatschte sogar vor Begeisterung in die Hände. Das hatte ich zuletzt an meinem sechsten Geburtstag getan, als Papa es ausnahmsweise geschafft hatte, die akribisch beschriebene Wunschbarbie nicht mit dem kompletten Gegenteil von einem Billighersteller zu verwechseln. Dann fiel mir auf, dass Veronika seltsam aussah. Sie saß auf einem Stuhl im Kellergang und wirkte abwesend.

»Was ist?«, fragte ich. »Findest du es doof? Ist es … peinlich?«

Veronika dachte nach und schüttelte dann den Kopf.

»Es sind die Regenwürmer, oder?«, hakte ich nach.

»Die Regenwürmer bleiben!«, rief Carsten. »Ich bin gestern vier Stunden mit der Gießkanne im Garten unterwegs gewesen und habe mir die Hände blutig gebuddelt. Die Regenwürmer bleiben!«

»Die Regenwürmer sind toll«, sagte Veronika.

»Aber irgendwas ist doch. Du guckst so komisch. Hast du Angst? Willst du noch raus?«

Ich kniete mich vor Veronika, die zu Boden guckte.

»Veronika. Du weißt, dass wir viele Mitglieder verloren haben. Du hast immer zu uns gehalten und du warst eine Superhilfe. Ich glaube, du warst sogar der Grund, warum ich am Anfang nicht gleich einen Rückzieher gemacht habe. Aber das hier …«, ich zeigte auf den Projektraum, »das hier ist natürlich nicht das, womit wir angefangen haben, und ich kann verstehen, wenn du Angst hast. Im Notfall schaffen Carsten und ich das auch alleine. Du kannst gehen, wenn du möchtest.«

Ich fühlte Popelinos stechenden Blick im Rücken, aber ich wollte Veronika diese Möglichkeit geben. Außerdem fühlte ich mich dabei wie eine Märtyrerin, die sich lächelnd für ihren Glauben verbrennen ließ, was ein erhabenes Gefühl war.

Veronika blickte auf. Ich erwartete Scham in ihren Augen, Angst oder gar Tränen der Rührung. Aber ich hatte mich getäuscht. Veronika guckte wütend.

»Seid ihr jetzt bescheuert? Ich WILL doch gar nicht aussteigen. Ja, ich habe Angst. Aber die habe ich jeden Morgen, wenn ich in die Schule muss.«

Ich errötete, weil ich das Märtyrer-Hochgefühl jetzt etwas unpassend fand.

Freundlicherweise stand mir Carsten bei.

»Du hast aber gerade echt komisch geguckt. Also, es sind nicht die Regenwürmer und du willst weiterhin mitmachen. Wo ist das Problem?«

»Das Ende«, antwortete Veronika wie aus der Pistole geschossen. »Das Ende ist das Problem. Man kommt einfach so raus und das stimmt nicht.«

»Wir haben drei Stunden für das Ende gebraucht«, protestierte Carsten.

»Aber sie hat recht«, sagte ich leise. »Man kommt nicht einfach so raus. Man zahlt einen Preis.«

»Das machen sie ja schon am Anfang«, widersprach Carsten. »Falls das tatsächlich jemand bezahlt.«

»Nein. Am Anfang zahlt man Eintritt. Das ist nicht das Gleiche.« Ich stöhnte. »Aber ich habe keine Ahnung, wie wir das darstellen können.«

Ich kaute auf der Unterlippe herum, doch es half nichts. In meinem Kopf war eine große Leere. Hilfe suchend blickte ich zu Popelino, der seinem Spitznamen leider wieder alle Ehre machte. Auch Sara schaute ratlos drein. Ein unheimliches Grollen ertönte. Es kam aus Veronikas Bauch.

»Entschuldigung«, sagte sie. »Ich gewöhne mir gerade die Zwischenmahlzeiten ab.«

»Ich hab auch Kohldampf«, sagte ich und wühlte in meiner Hosentasche. »Ich habe zwei Euro.«

Die anderen waren noch schlechter ausgestattet, aber für ein paar Teilchen von gestern beim Bäcker sollte es reichen.

»Aber was ist, wenn der Wenz uns wieder erwischt?«, fragte Sara ängstlich.

»Der wird schön in die andere Richtung gucken, wenn er Veronika sieht und sich an ihre Mafia-Connections zum Freundeskreis erinnert«, sagte ich.

»Ihr dürft mich übrigens ruhig Ma Baker nennen«, bemerkte Veronika. »Irgendwie mag ich den Spitznamen mittlerweile.«

Vor der Schule stießen wir auf einen alten Bekannten.

»Hallo, Arif«, sagte Sara.

»Hallo, Verräter«, drückte Carsten sich weniger diplomatisch aus.

»Wow«, sagte er und schaute mich an. »Du hast ihnen tatsächlich nichts erzählt.«

»Was machst du hier?«, lenkte ich schnell ab von dem dunklen Familiengeheimnis, das wir teilten. »Es ist doch Projektstunde.«

Er zuckte mit den Achseln. »Wir haben nichts mehr zu tun. Ich hatte eh nie was zu tun. Ein Schild durch die Gegend tragen ist nicht so kompliziert. Und ihr?«

»Wir müssen was essen.«

»Dann kommt doch mit. Ich habe mit meinem Vater eine neue Soße erfunden, die müsst ihr probieren.«

»Dafür reicht unser Geld nicht«, sagte Sara.

»Und selbst wenn es reichen sollte: Ich muss doch jetzt nicht mit Judas das letzte Abendmahl veranstalten!«, giftete Carsten.

Arif seufzte. »Wenn Lizzy dichthalten kann, könnt ihr es wahrscheinlich alle. Also kommt mit.«

Und während wir zum Dönerladen in der Rathausstraße liefen, erzählte Arif allen die ganze Wahrheit über sein Ausscheiden aus unserer Truppe.

Ein leises Glöckchenläuten begleitete unser Eintreten in den Imbiss. Arif wechselte auf Türkisch ein paar Worte mit dem Mann hinter dem Tresen, der uns plötzlich ganz unbehaglich anschaute. Arif lotste uns in den hinteren Gastraum. Wir setzten uns und kurz darauf servierte uns der Mann zwei Riesenteller mit Dönerfleisch, Falafel und Köfte. Es folgten eine Platte Salat, zwei

Körbe Brot und mehrere Schälchen mit himmlisch duftenden Soßen.

»Ähm, Arif«, sagte ich. »Wir haben genau fünf Euro siebzig, das passt nicht ganz zu unserem Budget.«

»Keine Sorge«, sagte er. »Ich habe meinem Vater gerade gesagt, dass ihr die Kinder seid, die ich wegen Onkel Sertan im Stich lassen musste. Ich bin mir ziemlich sicher, dass das aufs Haus geht.«

Mittlerweile grummelte nicht nur Veronikas Magen, also griffen wir alle nach dem bereitliegenden Besteck und schlugen zu.

»Hey, die Soße hier«, Veronika zeigte mit ihrer Gabel auf ein Schälchen, »die schmeckt fast wie unser Kräuterquark zu den Polentaschnitten.«

Arif nickte lächelnd. »Seit wir die eingeführt haben, verkaufen wir fast zwanzig Prozent mehr Döner täglich«, erklärte er. »Wie läuft es denn bei euch? Ich habe gehört, dass Theo weg ist.«

»Und Kristine«, ergänzte Sara.

Er riss die Augen auf. »Dann seid ihr doch morgen nur noch zu dritt! Oder bist du morgen doch nicht krank?«

Sara schüttelte den Kopf. »Gott mag keine Schulfeste«, flüsterte sie ihr Mantra.

»Wie wollt ihr das denn schaffen?«, fragte Arif.

Wir erzählten ihm von unseren kleinen Neuerungen. Seine Augen wurden immer größer.

»Nur das Ende haut nicht hin«, beendete ich meinen Bericht wie auch meine Mahlzeit. Ich war pappsatt.

Arif nickte. »Das stimmt. Es ist irgendwie falsch.«

Veronika tunkte die letzte Falafel in die Kräutersoße. Ein Tropfen davon kleckerte ihr auf den Pullover.

»Hey, ihr könntet …« Arif hielt inne. Dann schüttelte er den Kopf. »Ach nee, das wäre dann doch zu krass.«

Alle schauten ihn aufmerksam an.

»Sprich, Türke!«, befahl Carsten schließlich.

»Habt ihr noch die Blumenerde aus dem Baumarkt?«, fragte Arif.

Am Freitagabend saß ich in trauter Schweigsamkeit mit meinem Vater am Küchentisch, als meine Mutter ungewöhnlich spät von der Arbeit heimkam. In ihren Händen trug sie einen irreal großen Blumenstrauß.

»Oh Gott, haben wir Hochzeitstag?«, rief mein Vater, als er endlich mal von seiner Illustrierten aufblickte.

»Wäre so ein Klopperstrauß dann nicht eher dein Part?«, fragte ich ihn, während ich aufstand, um eine Vase zu suchen.

»Ich hatte heute Besuch in der Kanzlei«, erklärte meine Mutter, während sie die Stiele an der Spüle anschnitt. »Es war Theos Vater.«

Mir sträubten sich die Nackenhaare, während ich Mama half, die Blumen in die viel zu kleine Vase zu quetschen.

»Oh«, sagte Papa. »Was hat er gesagt?«

»Nicht viel«, antwortete Mama. »Er hat sich entschuldigt und gesagt, dass er nun irgendwie sein Leben wieder in den Griff bekommen will. Ich habe gesagt, das kommt alles wieder ins Lot mit seiner Familie, und er meinte nur, dass er das eher nicht glaubt.« Sie schaute mich von der Seite prüfend an. »Sag mal, Elli, bei eurem Projekt läuft doch alles, oder?«

»Logisch«, sagte ich schnell. »Wir hatten zwischendurch ein bisschen Krise, aber jetzt wird das der Hammer.«

»Gut«, sagte sie. »Ich will morgen sowieso euer erster Gast sein, und wenn es eng wird, packe ich einfach mit an.«

»Da wird nix eng.«

Ich packte die Blumen auf den Tisch und verabschiedete mich mit der Begründung, Hausaufgaben machen zu wollen. Bevor ich in mein Zimmer ging, krallte ich mir noch das Telefon von der Ladestation. Ich hatte das dringende Bedürfnis, mit Tante Andrea zu sprechen.

Samstag, 11. Juni

- Noch 4 Stunden bis zum Schulfest -

Kurz vor zehn parkte Mama auf unserem Schulhof. Die Tür des Hauptgebäudes war offen, aber anscheinend war außer uns noch niemand da. Das Schulfest begann erst um vierzehn Uhr, aber wir wollten lieber vorbereitet sein.

Meine Mutter trug zwei riesige Dosen mit selbst gebackenen Vanillecremeschnitten, die sie gestern Abend noch spontan zur Unterstützung gebacken hatte, in den Keller, während ich mich mit einem Sack Blumenerde abmühte. Vor dem Kellerraum wartete bereits Carsten, der Mama die Dosen abnahm und im Projektraum verschwand. Die Tür schloss sich umgehend.

»Darf ich mal reingucken?«, fragte meine Mutter.

»Ach, Mama«, sagte ich, »das siehst du doch nachher. Du wirst doch eh die Erste sein.«

Sie verzog bedauernd das Gesicht.

»Das wird nicht ganz klappen. Andrea hat gerade irgendein Problem mit ihrem Arbeitgeber und braucht meinen juristischen Rat. Aber vielleicht kann ich sie überreden, dass wir das doch erst morgen machen.«

»Du lässt nicht wegen einem Schulfest deine eigene Schwester im Stich!«, befahl ich.

»Hast ja recht«, gab sie kleinlaut nach. »Ich bin nur so neugierig. Wozu ist eigentlich die Blumenerde? Und wo ist das restliche Essen?« Sie ließ nicht locker.

Ich rollte die Augen. »Mama! Nachher!«

»Ich bin schon weg«, sagte sie und holte den Autoschlüssel aus ihrer Handtasche. »Wenn noch was ist, ruf an.«

»Alles klar«, sagte ich und öffnete die Tür des Projektraums.

»Elli?«, rief meine Mutter.

»Ja?«

»Egal, wie es heute wird: Ich bin stolz auf dich.«

»Warten wir es ab.«

Ich lächelte und verschwand im Raum.

Mittags hatte Veronika die Werbetafeln an den besten Plätzen verteilt, die Vitrine war befüllt, und nach sechs weiteren Testläufen waren wir uns sicher, dass die Technik mitspielte. Auch die Kasse war schon aufgebaut. Trotzdem blieben noch zwei Stunden Zeit.

Wir saßen im Kellergang, als wir Schritte auf der Treppe hörten.

Der Wenz! Er hat Wind von der Sache bekommen und will sie stoppen, schoss es mir durch den Kopf.

Doch es war Sara, die anscheinend gerannt war.

»Seid ihr schon fertig?«, fragte sie.

»Ja«, bestätigte ich.

»Und ihr zieht das wirklich durch?«, hakte sie nach.

»Mit dem eigenen Schiff untergehen hat mehr Glamour, als in

den Rettungsbooten des Feindes ausgelacht zu werden«, zitierte ich meine alte Freundin Dämonenwurzel.

»Gut«, sagte Sara, »ich muss nämlich heute den ›Wachtturm‹ auf dem Marktplatz verteilen. Mama ist krank, und Papa glaubt, damit sammele ich Schätze des Himmels.«

»Aha«, sagte ein verwirrter Popelino.

»Und ich dachte, wenn ich schon Schätze des Himmels sammele, kann ich nebenbei auch Werbung machen.«

Sie warf ihren prall gefüllten Rucksack ab, zog einen »Wachtturm« heraus und drückte ihn mir in die Hand. Ich schaute Sara fragend an und blätterte durch die Zeitschrift. Ein liebevoll nach allen Regeln der Kalligrafie beschriebenes Papier flog auf mein Knie.

GOTT INTERESSIERT SIE NICHT?
SIE MÖCHTEN KEIN ZEUGE JEHOVAS WERDEN?
O. K. ABER DANN BESUCHEN SIE STATTDESSEN
THE N-EXPERIENCE.
Schulfest des Adalbert-Stifter-Gymnasiums, Raum D.23

Ich lächelte. Dann wurde ich ernst. »Kriegst du dafür keinen Ärger?«

Sara zuckte mit den Schultern. »Vielleicht. Vermutlich. Laut meinen Eltern kriege ich mit Gott sowieso Ärger für alles, was ich verheimliche, anders mache und so weiter. Aber weißt du, was?«

Ich schüttelte den Kopf.

Saras Stimme wurde ein geheimnisvolles Flüstern. »Ich glaube, Gott findet das gut.«

Liebes Tagebuch und vor allem: hallo, Mama,
wie Du unschwer an der Anrede erkennst: Ich weiß, dass Du schon seit Längerem mein Tagebuch liest. Also lass mich erst mal eins sagen: MAN LIEST NICHT DIE TAGEBÜCHER SEINER KINDER! Ich werde Dir nicht den Gefallen tun, Dir zu erklären, seit wann mir klar ist, dass Du hier mitliest. Und wenn Du jetzt denkst, der Ofen ist für immer aus zwischen uns, dann finde ich das gut.

Denk noch mal drüber nach, Du hast allen Grund dazu.

MAN LIEST NICHT DIE TAGEBÜCHER SEINER KINDER!

Vor allem nicht das von Max, sonst langweilt man sich zu Tode.

Okay, Du merkst: Ich bin nicht so sauer, wie ich sein müsste. Zuerst schon, aber dann ist mir aufgefallen, dass Du das Tagebuch nie gegen mich verwendet hast. Du hast ziemlich viele ziemlich anständige Sachen gemacht. Du hast Max mehrfach eine reingewürgt, als er gegen mich stand, obwohl er doch immer der Gute war. Und dass unsere geizige Oma erstmals einen Geldschein in die Mon-Chéri-Packung steckt, hätte mich ja gleich misstrauisch machen müssen. Jetzt weiß ich: Du wolltest meine Finanzkrise beenden, ohne dass ich es merke. Das hast Du clever gemacht. Und es war lieb gemeint und es hat mir echt geholfen. Genau wie der praktischerweise vom Wenz herbeiorganisierte Projektraumschlüssel oder die spontane Auffüllung der häuslichen Schokoladenvorräte, obwohl Du es wirklich hasst, am Wochenende einkaufen zu gehen.

MAN LIEST NICHT DIE TAGEBÜCHER SEINER KINDER - trotzdem: Danke.

Aber nach diesem unverzeihlichen Vertrauensbruch hast Du bestimmt Verständnis dafür, dass ich bei den letzten Eintragungen gelogen habe. Die Wahrheit hättest Du nicht vertragen und versucht, mein Kamikazekommando für das Schulfest zu unterbinden. Deshalb darfst Du auch keinesfalls unser erster Besucher sein. Da Tante Andrea auch ein sehr inniges Verhältnis zu Tagebüchern hat und es unbedingt bestrafenswert findet, wenn Unbefugte es lesen, war sie mir netterweise behilflich. Also, sei beruhigt: Sie ist keinem Steuerbetrug in ihrer Firma auf die Schliche gekommen. Sie wusste einfach, dass Dich das lange genug vom Aufbruch abhält. Genauso, wie ich wusste, dass Du trotz vorgerückter Stunde schnell noch mal einen Blick in die Aufzeichnungen Deiner Tochter wirfst. Aus dem Du jetzt doch ein paar Fakten erfährst, die ich Dir bislang vorenthalten musste.

Theo kommt nicht zurück. Wir haben nichts mehr von ihm gehört. Kristine hilft uns nicht. Sie hat zwar einen Vortrag zum Thema „Gebote der Fairness" gehalten, aber da ging es darum, dass es ein Gebot der Fairness sei, uns darauf hinzuweisen, dass wir ein Loserladen sind, unser Projekt zum Scheitern verurteilt ist und wir das dem Wenz auch sagen müssen.

Es gibt kein Dunkelrestaurant mehr. The N-Experience wurde ein bisschen umgestaltet.

Ich würde Dir ja gerne eine Freikarte spendieren, aber ehrlich gesagt brauchen wir jeden Cent. Deshalb verlangen wir Eintritt. Eine Menge Eintritt.

Sehen wir uns?

Falls ja, lass Dir Zeit. Der nächste Bus kommt um Viertel nach drei. Und auf den wirst Du leider warten müssen, weil Tante Andrea sich Dein Auto leiht, während Du das hier liest. Und Papa kannst Du leider nicht erreichen, während er nichts ahnend bei Siggi die Schrankwand aufbaut. Er hat sein Handy anscheinend in Deinem Auto liegen lassen. Du Deins übrigens auch, weshalb Du leider auch nicht bei Siggi anrufen kannst. Da hatte Papa, der alte Erbsenzähler, wohl doch irgendwie recht mit der These, dass man Telefonnummern nicht nur im Handy speichern sollte.

Na ja, jetzt kannst Du Dich wenigstens in aller Ruhe frisch machen. Ich wünsche eine entspannte Busfahrt.

Um halb drei war das Schulfest in vollem Gange. Getränke wurden geschlurft, Speisen verzehrt, Aufführungen bewundert, Dosen geworfen und Lose gekauft.

Nur bei uns im Keller war Ruhe.

»Das zweite Zeitfenster ist fast durch. Wir brauchen wenigstens fünf Leute, um das Budget reinzuholen«, rechnete Popelino unnötigerweise vor.

»Ich weiß«, sagte ich nervös. »Wir haben nur noch Zeit für neun oder zehn Leute. Falls die kommen.«

»Wir wussten ja, dass es in die Hose gehen kann«, seufzte Carsten und ließ sich an der Wand auf den Boden hinabgleiten.

»Hier steckt das Geheimnis!«, rief eine laute Stimme. Ein schwerer Mann mit einem uringelben Trenchcoat und einem grellroten Schal, der bei dem Wetter komplett unnötig war, marschierte auf den Kassentisch zu.

»Also – was soll The N-Experience kosten?« Mit großer Geste zog er seinen Geldbeutel heraus.

Ich räusperte mich. »Zwanzig Euro.«

Dem Mann fiel die Kinnlade herunter. »Zwanzig Euro? Das hier ist doch ein Schulfest, oder?«

Carsten und ich nickten.

»Gibt's vielleicht Presserabatt? Ich schreibe für den ›Heimat-Anzeiger‹, müsst ihr wissen«, raunte der Mann mir gönnerhaft zu.

»Das ist das, was mittwochs kostenlos im Briefkasten liegt, oder?«, fragte Carsten. »Aus dem billigen Papier, wo die Sonderangebote von den Metzgereien und so drin sind?«

Der Mann schaute pikiert drein und ich warf Carsten einen mahnenden Blick zu. Dann straffte ich die Wirbelsäule. Hier stand ein Kunde. Vielleicht der einzige Kunde des Tages. Jetzt war Überzeugungskraft gefragt.

»Nein, leider kein Presserabatt. Das hat etwas mit dem Konzept zu tun. Der hohe Preis ist Teil der Erfahrung. Und die«, ich beugte mich verschwörerisch vor, »wird man niemals sonst so billig machen.«

»Na gut«, rief der Mann. Ein Zwanzigeuroschein landete auf dem Kassentisch. »Wenn selbst die Zeugen Jehovas für euch werben, muss es ja was Besonderes sein!«

Unser erster Besucher war seit zehn Minuten draußen, und es schien ganz so, als würde er auch der einzige bleiben.

»Mist«, sagte Carsten, »er wirkte so beeindruckt.«

»Bonjour«, tönte es plötzlich von der Treppe. Madame Eiffler kam zu uns.

»Isch möchte auch«, sagte sie und legte zwanzig Euro auf den Tisch.

»Echt?« Ich starrte den Schein ungläubig an.

»Oui!«, flötete meine Lehrerin. »Isch habe an der Cocktailstand gerade einen Mann getroffen – er sah ein bisschen aus wie ein Franzose –, und er war so blass, und als ich ihn fragte, ob es ihm gut geht, sagte er, dass er 'ier eine unglaublische Erfahrung gemacht hat. Das will isch auch. Isch habe noch nie eine unglaublische Erfahrung auf einem Schulfest gemacht! Nur unglaublische Longeweile!«

»Dann sind Sie bei uns richtig«, stellte Carsten fest und öffnete ihr die Tür.

Das Erste, was ich von meiner Mutter hörte, war ein gereiztes »Vergiss es«, mit dem sie auf der Kellertreppe die Losverkäuferin anraunzte, die mit den Wartenden vor unserem Raum gerade ein gutes Geschäft machte. Dann stand sie schon vor dem Kassentisch, an dem ich gerade Dienst hatte.

»Meine Schwester fälscht hundert Seiten Steuerunterlagen und klaut mein Auto, damit ich zu spät hier ankomme?«, begrüßte sie mich. Als sie die interessierten Blicke der anwesenden Kundschaft bemerkte, atmete sie tief durch. »Alles okay bei euch?«

»Die Kasse klingelt«, antwortete ich und konnte mir ein Grinsen nicht verkneifen. »Trotz des unverschämtesten Eintrittspreises seit Erfindung des Schulfestes.«

»Das kannst du laut sagen, Elisabeth.« Herr Wenz, der schon ein ganzes Weilchen wartete, schwenkte seine Eintrittskarte wie eine Fahne. »Aber weil alle so tun, als bekämen sie die Zunge ausgerissen, wenn sie erzählen, was dadrin läuft, ist die Neugier offensichtlich größer als der Geiz.«

»Oh«, sagte meine Mutter, »dann … dann hätte ich bitte gerne eine Karte.«

Sie holte ihr Portemonnaie raus und schluckte sichtbar bei

dem Eintrittspreis. Ich gab ihr im Tausch für ihren Fünfziger zwei Geldscheine zurück.

»17:40 Uhr. Glück gehabt, gerade noch vor dem Ende.«

»Dann bin ich die Letzte?«, fragte Mama.

Die Tür hinter mir öffnete sich. Das Mädchen aus der Zwölften, das immer die Hauptrollen in der Theater-AG bekam, trat heraus. Sie wischte sich hektisch über das Gesicht. Anscheinend hatte sie geweint und ging eilig in Richtung Treppe.

Herr Wenz schaute ihr nach. »Ich sterbe zwar wirklich vor Neugier, wenn ich das sehe«, sagte er und hielt Mama seine Karte hin, »aber ich fühle mich moralisch verpflichtet, Ihnen den Vortritt zu lassen. Wir können gerne tauschen.«

»Danke«, sagte Mama und gab ihm ihre Karte.

Die Tür des Projektraumes ging wieder auf. Carsten kam heraus und sagte: »Du bist wieder dran.«

Ich nickte. »Es dauert einen kleinen Moment«, sagte ich meiner Mutter, »Carsten gibt dir Bescheid.«

»Vielleicht erzählt sie mir solange etwas über ihre kriminelle Schwester«, sagte Herr Wenz.

Ich zog lächelnd die Tür hinter mir zu.

The N-Experience

»Willkommen, Frau Carbon!«

Das ist der Satz, mit dem Carsten mich in den Raum lotst. Die Tür fällt hinter mir zu.

Ich kenne den Klassenraum noch aus meiner eigenen Schulzeit als das Sprachlabor. Nun ist hier nichts außer völliger Dunkelheit. Was soll ich machen? Stehen bleiben? Weitergehen? Tasten?

Die Sekunden vergehen und nichts passiert. Setzt die Technik gerade aus? Ist das Ganze nichts als ein überteuerter Scherz? Ich habe immerhin stattliche zwanzig Euro Eintritt gezahlt.

Ich erschrecke, als plötzlich Musik einsetzt. Gleichzeitig bin ich froh, dass etwas passiert. Die Musik ist angenehm. Ich kenne sie sogar. Sie stammt von der Meditations-CD, die ich vor Kurzem als Beilage einer Frauenzeitschrift bekommen habe. Sie erfüllt ihren Zweck. Ich entspanne mich.

»Am Anfang ist die Dunkelheit«, höre ich eine Stimme von oben. Es ist die Stimme meiner Tochter Elisabeth. »Aber keine erschreckende Dunkelheit«, fährt sie fort. »Bevor du in dein

Leben trittst, bist du geborgen von der Nacht. Einer Nacht, die dich behütet, wärmt und beschützt. Eine Nacht, in der du nichts willst, denn du hast alles, was du brauchst. Diese Nacht ist gütig.«

Ein dissonanter Ton bricht in die beruhigenden Synthesizerklänge. Ich schrecke zusammen. Ein zweiter schriller Ton lässt mich erneut zusammenzucken.

»Diese Nacht endet in der Regel nach neun Monaten.«

Die Musik verstummt. Flackernd geht die Deckenbeleuchtung an. Ich sehe einen durch Trennwände vorgegebenen Gang vor mir, der nach links abbiegt. Das Licht geht wieder aus. Eine andere Musik setzt ein. Eine kalte, düstere Melodie.

»Doch die Nacht ist nicht vorbei. Du kannst sehen und trotzdem bleibt es dunkel. Dunkel wie dieser Raum. Doch es nicht mehr die gütige, beschützende Nacht. Es ist die Nacht, in der du hilflos bist. Allein. Ausgeliefert. Du musst deinen Weg finden in dieser Dunkelheit. Vielleicht hilft dir jemand, vielleicht nicht, gehen musst du allein, auch wenn du schreckliche Angst hast. Also los, geh!«

Zaghaft setze ich einen Schritt nach vorne.

»Geh weiter«, befiehlt meine Tochter.

Ich gehe.

»Komm, noch weiter.« Elisabeths Stimme ist sanft und lockend. »Du kannst noch zwei Schritte gehen. Ich bin bei dir.«

Ich entspanne mich, gehe voran und knalle gegen eine Wand.

»Aua«, rufe ich in einer Mischung aus Schmerz und Empörung.

»Oh!« Meine Tochter klingt aufrichtig bedauernd. »Konntest du doch nicht so weit gehen? Konnte ich dich nicht beschützen?

Ich habe es versucht, aber leider kann dich keiner vor deinem Leben beschützen. Mama und Papa versuchen es andauernd, doch es funktioniert nicht. Dreh dich nach rechts.«

Ich gehorche widerwillig.

»Lektion eins: Keiner kennt deine Dunkelheit.«

Die Musik wird wieder beruhigender. Ich reibe mir die schmerzende Nase.

»Gut, jetzt geh langsam voran. Vorsichtig. Du weißt ja, keiner kennt deine Dunkelheit.«

Sicherheitshalber strecke ich meine Arme aus. Kurz darauf stoße ich gegen eine kalte Oberfläche. Ich kiekse.

»Ah, da sind wir also. Vor dir liegt: dein Leben. Es ist verlockend.«

Ein Licht geht an. Hinter einer Glasscheibe erkenne ich alte Bekannte. Meine Vanillecremeschnitten. Ich hatte sie für meine Tochter gebacken, weil ich dachte, sie mache ein Restaurant an diesem Schulfest.

»Es hat für jeden Geschmack etwas zu bieten.«

Ein Fach rechts unten ist erleuchtet. Darin steht ein Teller Spaghetti bolognese mit gehobeltem Parmesan. Das nächste Licht bescheint einen erfrischenden Sangrita, ein weiteres kurz darauf einen Teller Schokoladencookies neben einem Glas Milch.

»Das Leben bietet vielfältige Möglichkeiten«, erklärt Elisabeths Stimme, wobei ein Teller appetitliches Obst aus dem Dunkel hervortritt. »Du musst nur zugreifen. Also los. Greif zu!«

Ich atme auf. Es ist doch ein Restaurant. Nur mit einer etwas verstörenden Einleitung. Da ich zu nervös zum Essen bin, entscheide ich mich für den Sangrita und ziehe an dem Griff des Faches. Es klemmt. Ich rüttele fester.

Ich habe mich geirrt. Das Fach klemmt nicht. Es ist verschlossen. Wie zur Bestätigung erlischt die Beleuchtung meines Favoriten.

»Entschuldigung«, sagt Elisabeth. »Das kannst du leider nicht haben. Vielleicht etwas anderes?«

Ich habe wirklich Durst, also nehme ich das Fach mit Cookies und Milch. Gleiches Ergebnis. Auch hier wird es dunkel.

»Ach«, sagt meine Tochter betrübt. »Das leider auch nicht.«

Trotzig greife ich in Richtung Obst, doch noch bevor meine Hand den Griff erreicht, gehen alle Lichter aus. Es ist wieder völlig dunkel.

»Machen wir es kurz. Lektion zwei: Ja, das alles gibt es. Aber nicht für dich. Für dich gibt es ehrlich gesagt nur das.«

Die Mitte der Vitrine wird erleuchtet. Auf einem schmutzigen Teller winden sich einige Regenwürmer. Mir wird schlecht.

»Wie wäre es damit? Die Tür ist offen.«

Ehe ich mich versehe, gehorche ich und teste es aus. Ich lasse das Fach aber sofort wieder zufallen, als ich merke, dass die Tür wirklich offen steht.

»Lektion drei: Manchmal ist das Einzige, was man kriegen kann, das, was man nicht will.«

Es wird wieder dunkel.

»Dafür gibt es viele Gründe. Vielleicht bist du zu dick. Vielleicht bist du zu klug. Vielleicht kleidest du dich falsch. Zu schick. Zu lässig. Zu figurbetont. Zu bunt. Vielleicht hat es auch nichts mit dir zu tun. Vielleicht bist du im falschen Land geboren. Vielleicht zu spät gekommen. Vielleicht hast du die falsche Religion. Und dann machst du The N-Experience. The Nerd-Experience.«

Eine Kakofonie schräger Töne. Ich spüre, wie mir die Tränen kommen.

»Ich merke schon. Du willst hier raus. Dir reicht es. Na gut, geh nach rechts.«

Ich folge der Anweisung und schlage wieder an. Verdammt, ich habe vergessen zu tasten.

»Links geht es weiter. Stopp.«

Ich bleibe stehen. Um mich herum ist die totale Dunkelheit. Ich weiß weder vor noch zurück.

»Es gibt einen Weg raus. Aber man zahlt immer einen Preis. Entschuldigung, du musst noch mal zurück. Zu den Regenwürmern.«

Ich taste mich zurück, bis ich endlich die Vitrine erreicht habe. Es kommt mir vor wie eine Ewigkeit. Das mittlere Fach leuchtet wieder auf. Doch die Regenwürmer sind weg. Auf dem Teller liegt Schlamm.

»Nimm ihn mit. Das ist dein Dreck.«

Ich weiß nicht, warum, aber ich gehorche. Ich nehme den Teller aus dem Fach.

»Und jetzt langsam links und dann rechts. Und … stopp. So, da bist du. Mit deinem Dreck. Und du willst ihn nicht.«

Es wird etwas heller. Vor mir ist ein schwarzer Vorhang.

»Lektion vier: Wenn du deinen Dreck loswerden willst, dann muss ihn jemand anders haben.«

Der Vorhang wird aufgezogen. Dahinter steht das völlig unscheinbare Mädchen aus der Projektgruppe meiner Tochter. Veronika heißt sie. Sie hat eine einstmals weiße Hose und ein weißes T-Shirt an, was unter trocknendem Schlamm kaum noch zu erkennen ist.

»Wirf!«

Ich denke, ich habe nicht richtig gehört. Das Mädchen vor mir schaut völlig ausdruckslos.

»Wirf!«

Nein, ich habe mich nicht verhört. Das geht zu weit.

»Das mache ich nicht!«, rufe ich.

Der Vorhang fällt zu. Es ist wieder dunkel.

»Soso, das machst du nicht. Na klar, musst du ja auch nicht. Das hier ist nur ein muffiger Kellerraum bei einem langweiligen Schulfest, für den man ganz schön viel Eintritt bezahlt hat. Du kannst dich jetzt zurücktasten und fluchend rausgehen. Das ist das Schöne hier – es ist nur eine Simulation. Aber wenn du die Erfahrung wirklich machen und die Befreiung erleben willst, ohne dass du einfach nur kneifst …«

Der Vorhang geht wieder auf und das Mädchen steht immer noch da.

»… dann wirfst du jetzt.«

Ich weiß nicht, warum ich es tue. Es ist einfach etwas, was geschieht. Schneller, als ich denken kann. Die feuchte Erde landet auf der Brust des Mädchens, das mich plötzlich direkt und unendlich traurig ansieht.

Wieder wird es dunkel. Eine Woge Verzweiflung durchflutet mich.

Flackernd geht die Deckenbeleuchtung an.

»Vielen Dank, dass Sie The N-Experience gemacht haben«, tönt es aus dem Lautsprecher über mir. »Hinter dem Vorhang können Sie die Hände waschen. Rechts abbiegen, dann links und Sie verlassen Ihr Leben als Verlierer. So einfach und schnell geht das übrigens nur hier.«

Entspannte Musik erklingt. In dem Raum, in dem eben noch Veronika gestanden hat, ist nun eine Plastikschüssel mit schaumigem Wasser, über der ein Handtuch hängt. Ich wasche mir die Hände und gehe schweigend hinaus.

Noch nie in meinem Leben habe ich mich so geschämt.

Liebe Elli,

ich weiß, dass ich etwas Unverzeihliches getan habe und Du wahrscheinlich wochenlang nicht mehr mit mir reden möchtest. Das muss ich leider akzeptieren, weil ich es absolut verstehen kann. Aber ich wollte unbedingt, dass Du weißt, wie sehr mich – und alle anderen, die es erlebt haben – das beeindruckt hat, was Ihr heute auf die Beine gestellt habt. Deshalb habe ich, während Du mit Deinem Vater so ausgiebig über den heutigen Tag gesprochen hast, diesen kleinen Bericht verfasst und in Deinem Tagebuch versteckt. Du kannst damit machen, was Du willst. Ich habe mir Deine innersten Gefühle einfach so genommen, da fand ich es irgendwie gerecht, Dir auch meine zu zeigen – und vielleicht willst Du sie mit denen teilen, die wie Dein Papa dieses außergewöhnliche Erlebnis verpasst haben.

Bei allen Schuldgefühlen wegen meiner verbotenen Lektüre werde ich es vermissen, Dir und Deinen Gedanken so nahe zu sein. Aber ich habe die Hoffnung, dass wir – wenn Deine Wut verflogen ist – es auch anders schaffen, ein echtes Mutter-Tochter-Gespann zu sein, das weiß, was es aneinander hat.

In Liebe, Deine Mama

Meine Mutter hatte das Tagebuch mittig auf das von ihr frisch gemachte Bett gelegt. Ich nahm ihren Brief heraus, den ich gerade gelesen hatte. Entweder sie hatte ihn in einem Affenzahn geschrieben, oder ich hatte mit Papa viel länger gequatscht, als ich dachte. Da Siggis Schrankwand ihn bis kurz nach neun aufgehalten hatte, musste ich aber auch jedes Detail referieren. Ich hatte das Gespräch sehr genossen – fast so sehr wie Max' vergebliche Versuche, die Erfolge seiner Big Band einzuwerfen, die Papa dann immer mit einem „Das ist ja schön" abbügelte, bevor er mich weiter ausfragte.

Eigentlich ist Mamas Brief ein gutes Schlusswort für meine Tagebuchkarriere, dachte ich. Also wühlte ich in meinen Schreibtischschubladen herum, bis ich endlich einen Pritt-Stift fand, der noch einen Deckel besaß und somit noch nicht ausgetrocknet war. Ausdruck für Ausdruck – insgesamt stattliche fünf Blätter – klebte ich den Brief ordentlich ein. Es war nur noch eine Seite Tagebuch übrig. Ich nahm ein paar Buntstifte und malte auf diese so schön, wie es sonst nur Sara konnte, die Worte:

ENDE DER AUFZEICHNUNGEN
DER ELISABETH CARBON

Freitag, 29. Juni

Liebes Tagebuch,
ich muss es zugeben, ich habe Dich vermisst.

Am Abend nach dem Schulfest dachte ich ja, wir würden uns nie mehr wiedersehen und es gäbe jetzt nur noch ein Leben ohne Tagebuch. Und klar gibt es ein Leben ohne Tagebuch - aber wenn ein Leben mit Tagebuch einfach mehr Spaß macht, warum sollte ich darauf verzichten? Nur weil es neugierige Augen auf dieser Welt gibt? Dafür hat man doch Sicherheitsmaßnahmen.

Ich hoffe, Du nimmst es mir nicht übel, dass ich Dich ab jetzt auf meinem Rechner führe. Schon die üblichen zehn Minuten Hochfahrzeit dürften für ungeduldige Zeitgenossen Abschreckung genug sein. Und wenn nicht: Hier gibt es die Möglichkeit, Dich mit einem Passwort zu schützen und Dir einen unauffälligen und völlig uninteressanten Namen zu geben. „Mathehausaufgaben" sollte reichen, um Mama und jeden anderen vernünftigen Menschen auf diesem Planeten fernzuhalten.

Über zwei Wochen sind vergangen ohne Ort, an dem ich einfach ich selbst sein kann, und es ist eine ganze Masse passiert. Nach einem mäßigen Anlauf hat unser zurechtgeschrumpftes Projekt letzten Endes die Gewinnzone erreicht.

Wir waren auf jeden Fall DAS Event des Schulfestes. Das ging eigentlich nur bis achtzehn Uhr, aber Direktor Heide wollte es dann auch noch unbedingt sehen, und seine Frau war sauer, als er danach Schluss machen wollte, und dann standen plötzlich wieder drei Leute Schlange …

Na ja, um zwanzig nach acht konnten wir wirklich die Zelte abbrechen und hatten über dreihundert Tacken in der Kasse. „Kunst und Cappuccino", Alexas Projekt, kam gerade mal auf hundertfünf Euro neunzig.

Immerhin fünf Euro neunzig Gewinn, das war selbst für ein Mathegenie wie mich leicht zu rechnen.

Am nächsten Morgen hatte ich ein langes Gespräch mit Mama, wovon die erste halbe Stunde eine sehr ausführliche, bildhafte und schamerfüllte Ausgestaltung des Wortes „Entschuldigung" war. Wenn ich demnächst mal wieder ein Referat aufblähen muss, frage ich sie um Rat.

Natürlich habe ich mich noch ordentlich geziert, um nicht den Eindruck zu erwecken, ich würde das auf die leichte Schulter nehmen. Aber ehrlich gesagt, schon als ich das mit Mamas Geldspende in Omas Mon Chéris gecheckt habe, war ich fast versöhnt, und ihre Entschuldigung in Form eines Erfahrungsberichtes hat dann quasi den Rest geliefert.

Ich glaube, ich war eine ganz schöne Ziege in letzter Zeit und habe es meinen Eltern nicht immer leicht gemacht, was ich eine empörend reife Einsicht finde für ein Mädchen, das gerade mal am Anfang seiner Pubertät steht.

Ich hoffe, es ist der Anfang, sonst sehe ich in Sachen Brustentwicklung echt schwarz.

Ihr schlechtes Gewissen hat Mama allerdings nicht davon abgehalten, bei der Rückgabe ihres geklauten Autos noch ein sehr langes Gespräch mit Tante Andrea zur Frage zu führen, ob man seiner Schwester oder seiner Nichte zu mehr Loyalität verpflichtet ist.

Das Projekt hat uns allen gutgetan, auf die eine oder andere Weise.

Als bekannt wurde, dass Popelino für den ganzen Technikkrams zuständig war, wurde er von Lutz angesprochen, der die Technik-AG leitet - und die ist eigentlich nur für die Oberstufe. Da ist Carsten jetzt so eine Mischung aus Maskottchen und Mastermind und fühlt sich in dieser Rolle ganz wohl.

Veronika wird seit ihrem stundenlangen Auftritt als Schlammzielscheibe in ihrer Klasse für eine gefährliche Psychopathin gehalten, was deutlich mehr Respekt einbringt als das Image „dick und doof". Zumal sie das Dicksein offensichtlich gerade ernsthaft angeht. Sie hat sich nun nicht in eine Elfe verwandelt, aber als sie mir gestern in der Pause auf dem Schulhof entgegenflatterte, dachte ich schon, dass entweder die Schwerkraft auf unserem Planeten nachlässt oder sie mindestens fünf Kilo abgenommen hat.

Sara hat richtig Ärger mit ihren Eltern wegen den Flyern im „Wachtturm" bekommen - und ihnen gesagt, dass sie das nächste Mal was ganz anderes da reinsteckt, wenn sie den noch mal verteilen muss. Da hängt der Haussegen jetzt komplett schief, aber Sara wirkt trotzdem zufrieden.

Arifs Vater wollte den Rückzug seines Sohnes wiedergutmachen. Der gesamte Klub der Verlierer darf bei ihm jetzt für den Rest seines Lebens kostenlos Döner essen, hat Arif gesagt. Der Laden läuft mittlerweile so gut, dass Papa Arif einen normalen Kredit aufnehmen konnte und seinen fiesen Bruder ausgezahlt hat, sodass der ihm nicht mehr in sein Familienleben reinquatscht.

Theo kommt nach den Ferien wieder, hat Veronika mir erzählt. Sein Papa ist in Therapie, und seine Mutter ist nun doch gewillt, noch einen Anlauf zu wagen. Zur Feier der Rückkehr wollen sie angeblich den Grill anschmeißen und uns in die Kunst des Barbecues einführen.

Dann wäre da nur noch Kristine.

Ich dachte, sie ruft am nächsten oder wenigstens übernächsten Tag an, weil ich ja dank Popelinos Nachtsichtbrille ziemlich gut sehen konnte, wie sie die neue N-Experience beeindruckte (sie war im vierten Time-Slot), aber Fehlanzeige. Ich wurde und werde weiterhin ignoriert, sie ist immer noch im Clan Alexa und war bemerkenswert still, als der Wenz unser Projekt zum Diskussionsthema der Verfügungsstunde machte. Und da hätte sie sich nun echt keinen Zacken aus der Krone gebrochen, selbst Leon hat was gesagt, was verdächtig nach Anerkennung und sogar ein bisschen nach Entschuldigung klang.

Heute haben wir Zeugnisse bekommen und auch auf der letzten Busfahrt vor den Sommerferien saßen wir an unterschiedlichen Enden des Busses. An der Haltestelle musste sie wieder sehr kompliziert ihre Schuhe zubinden, um ja nicht neben mir laufen zu müssen. Bevor ich um die Ecke bog, drehte ich mich noch mal um, da mich wirklich interessierte, wie lange sie eigentlich Schuhezubinden spielt. Da stützte sie sich ans Haltestellenschild und hat geheult. Weinen macht ja echt nicht schöner. Vor allem Kristine nicht, die sieht dann immer aus wie eine explodierende Tomate.

Ich glaube, ich rufe sie morgen mal an.

Mehr von Lizzys turbulentem Leben:

ISBN 978-3-7348-5026-4

Dass meine Eltern mich nicht verstehen, bin ich ja gewohnt (liegt vermutlich an der Spezies). Dass die beiden plötzlich auch kein Verständnis mehr füreinander haben, ist allerdings was Neues. Aber war ja klar, liebes Universum, dir reicht die Ehekrise im Hause Carbon natürlich nicht. Nein, stattdessen schickst du mir noch so tolle Freunde wie Kristine, die von einem Liebesfettnäpfchen ins nächste stolpert. Zum Glück behalte ich statt einer rosaroten Brille lieber den Durchblick. Zumindest, wenn ich nicht gerade damit beschäftigt bin, mich vor dem Neuen an der Schule völlig zum Affen zu machen …

ISBN 978-3-7348-5031-8

Ist Schwachsinn eigentlich ansteckend oder warum glauben alle, ich würde mich für die Schulsprecherwahl interessieren? Sorry, mit einer Fernbeziehung, einer Freundin mit Mordabsichten und zwei Eltern im Scheidungskrieg habe ich echt andere Sorgen. Schade nur, dass es wohl irgendjemand lustig fand, mich auf die Kandidatenliste zu setzen. Natürlich sollte ich diesen Gag schnellstmöglich aufklären. Andererseits – ich habe ja schon mal mit meinem Klub der Verlierer was ziemlich Gelungenes auf die Beine gestellt. Und auch wenn ich nicht vorhabe zu gewinnen, hätte die ganze Sache doch einen netten Nebeneffekt: Diese Wahl könnte für einen ganz bestimmten Menschen zur besonderen Qual werden …

Natürlich **magellan**©

FSC
www.fsc.org
MIX
Papier aus verantwortungsvollen Quellen
FSC® C083411

Wir pflanzen Bäume
Für unsere Umwelt
www.magellanverlag.de

Hergestellt in Deutschland
Gedruckt auf FSC®-Papier
Lösungsmittelfreier Klebstoff
Drucklack auf Wasserbasis

1. Auflage 2019

Lektorat: Marion Perko
Umschlaggestaltung: Christian Keller, Carolin Glaser
unter Verwendung von Motiven von iStock / dddb und Cofeee
ISBN 978-3-7348-5407-1
Druck: CPI, Leck

www.magellanverlag.de